わたしのお殿さま

鷹井 伶

角川文庫
23865

目次

主な登場人物

鋒国《みねくに》（美禰《みね》）　刀匠を継ぐべく、男として育てられた少女。

松平忠輝《まつだいらただてる》　徳川家康《とくがわいえやす》の六男。家康の死後、改易され、伊勢《いせ》に配流される。

月国《つきくに》　鋒国の祖父。霊刀を打つ名刀匠。

おつか　鋒国の大叔母（月国の妹）で母親代わり。

魁《かい》　鋒国の幼馴染《おさななじみ》の拵師《こしらえし》。父・奈良屋甚右衛門《ならやじんえもん》の元で修業中。

小夜《さよ》　里の庄屋《しょうや》の娘。魁のことを好いている。

鈴《すず》　小夜の従妹《いとこ》。男装の鋒国を好きになる。

岩本競兵衛《いわもときょうべえ》　忠輝の側近。

有慶《ゆうけい》　伊勢志摩《しま》の領主九鬼守隆《くきもりたか》の実弟。金剛證寺《こんごうしょうじ》十二世住職。

大林坊《だいりんぼう》　伊達政宗《だてまさむね》が使う黒脛巾組《くろはばきぐみ》（隠密）。

朝覚院《ちょうかくいん》　家康の側室、忠輝の実母。本名は於久《おひさ》、落飾前は茶阿《ちゃあ》の方。

徳川秀忠《とくがわひでただ》　徳川二代将軍。忠輝の腹違いの兄。

於江《おごう》　秀忠の正室。御台所《みだいどころ》。

柳生宗矩《やぎゅうむねのり》　秀忠の剣術指南役。

影《かげ》　宗矩の使う忍び。

幻斎《げんさい》　宗矩の使う忍び。

序

静かな夜だった。

見上げれば、まるで砂金を流したように天の川が煌《きら》めいている。

清廉な星の光を受けながら、神事を見守っていると、突然、背後から大地を引き裂くような激しい咆哮《ほうこう》がした。と同時に、村人の一人が横殴りにされ、吹っ飛んだ。

邪悪な唸《うな》り声を上げながら、真っ黒な体毛の獣が立ち上がる。六尺（約一八〇センチ）はあろうかというほどの巨大な熊だ。

一瞬の間の後、どこかで女の悲鳴が上がり、それを合図に恐怖に駆られた人たちが我先にと逃げ始めた。泣き叫ぶ子を抱えて走る親、「逃げろ」と叫ぶ声も聞こえてくる。

逃げなければ……。

わかっていても、足は竦《すく》み、動かない。

それでも、無理やり後ずさりすると、足がもつれそのまま尻餅《しりもち》をついてしまった。

熊は容赦なく近づいてくる。

獰猛《どうもう》な顔が目の前に迫った。尖《とが》った爪、大きな口、牙《きば》、赤い舌……。

駄目かと観念して、目を閉じた刹那《せつな》、身体がふわっと浮いた。

何が起きているのか。

目を開けると、見知らぬ男の逞《たくま》しい腕に横抱きにされ、そのまま宙を飛んでいた。

男は人とは思えないほど軽々と跳躍していき、熊が登ってこられない高さの岩の上まで飛び上がると、そっと降ろしてくれた。

「……大事ないか」

深く柔らかな声だ。

小さく頷《うなず》き、初めて声の主を見た。

すっきりとした首、顎《あご》、くっと上がった口角、すっと通った鼻筋、夜空に瞬く星のように美しく澄んだ瞳《ひとみ》……。

それがわたしのお殿さまだった。

第一章　鬼っ子さま

一

今朝はえらく朝靄《あさもや》が立ち込めていた。

夏場でもこの滝の周辺は爽涼《そうりょう》としている。さほど大きな滝ではないが、深い森から生まれた水の流れは豊かで、岩肌を伝って落ち、涼やかな飛沫《しぶき》を上げ続ける。

鋒国《みねくに》はいつものように、滝行を済ませると、濡《ぬ》れた衣と晒《さらし》を脱ぎ、素早く乾いた布で身体を拭《ふ》き、晒で胸を巻き始めた。

さほど膨らんだとも思わないが、近頃、胸を締め付けるのが少し辛《つら》い。

質素な筒袖《つつそで》の上衣に袴《はかま》を身に着け、濡髪《ぬれがみ》を若衆髷《わかしゅまげ》風にまとめ上げると、傍目《はため》には少年にしか見えない。とはいえ、鋒国はれっきとした女である。

本名は美禰《みね》という。

正直、いつからこの恰好《かっこう》をしているか、鋒国は覚えていない。一緒に住んでいる大叔母のおつかによれば、十年前、月国《つきくに》は六歳の美禰に鋒国の名を与え、これからは男として過ごせと命じたらしい。

月国というのは美禰の祖父の名で、家はこの地で代々刀匠をしている。日本刀の祖とされる「天国《あまくに》」の流れを汲《く》み、その高い技《わざ》は唯一無二、一子相伝とされる。

しかし、後継者となるべき息子が死んでしまい、その代わりに孫の美禰が選ばれたというわけだ。

本来、鍛冶場《かじば》は女人禁制とされる。女が鍛冶場に入るのを、鉄を司《つかさど》る神が嫉妬《しっと》するからとか、月経を血の穢《けが》れとみなすからとか、色々言われるが、実際、火花の舞う中、女が大きな槌《つち》を振るうのは体力的にも精神的にもかなりきつい。

だから、女が刀匠を継ぐことはできない。それが定めのはずだ。しかしなぜか、祖父は美禰に継がせると決めたらしい。

そこにどういう思いがあったのか、きちんと聞いたことはないが、ともかく美禰は「男となり鍛冶場に入る」という厳命を守っている。

朝の滝行もその一環で、ここの清流で身を清め、水を汲んで鍛冶場に持ち帰るのが、彼女の役目の一つなのだ。

おつかは鋒国が不憫《ふびん》だと言うが、鋒国自身は自分が可哀そうだとも男装が嫌だとも感じたことはない。幼い頃から、祖父が作る刀の美しさに心惹《こころひ》かれていたし、鍛冶場に入る祖父の側にいられることが、嬉《うれ》しかったからだ。

紀伊《きい》半島のほぼ中心に位置する奈良大峯山《ならおおみねさん》——修験道の祖・役行者《えんのぎょうじゃ》が開山し女人禁制で知られるこの霊峰を仰ぎ見る場所に、鋒国は祖父・月国、大叔母おつかの三人で暮らしている。屋敷と呼べるほど大きな家ではないが、茅葺《かやぶき》の大屋根のある母《おも》家《や》とは別に鍛冶場、畑も少しあり、暮らしていくのに困ることはない。

見渡す限り山また山、人よりは獣の方が多い山里だが、南は熊野詣《くまのもうで》で有名な熊野三山（熊野本宮大社《ほんぐうたいしゃ》、熊野速玉《はやたま》大社、熊野那智《なち》大社）、西は弘法大師《こうぼうだいし》開山の高野山《こうやさん》、東には伊勢神宮《いせじんぐう》と、いずれも聖地に繋《つな》がり、さらに北はひと目千本の桜で知られる吉野山《よしのやま》を経て、京《きょう》の都へ至るという自然豊かな場所である。

また、家のすぐ近くには熊野川を源流とする清流が流れていて、神刀を打つのに最適な清々《すがすが》しい氣《き》が満ちているのだ。

このひと月、丹念に造り続けてきた刀が、ようやく焼き入れの最終段階を迎えていた。

鍛冶場の暗闇の中、赤く熾《お》きた炭と炎に照らし出される祖父の横顔を見る度、鋒国は強い憧《あこが》れと、身が引き締まるような畏《おそ》れを同時に感じる。

額に深く刻まれた皺《しわ》、白髪交じりの眉《まゆ》や窪《くぼ》んだ瞼《まぶた》に似合わぬ強い眼差《まなざ》し――。

月国の名を冠した刀は霊力を持つと、そう誉れ高い名匠の横顔だからだ。いや、名匠と呼ぶのも適当とは思えない。四方に張り巡らされた注連縄《しめなわ》の中にいる月国は、神にその身を捧《ささ》げた稀人《まれびと》と呼ぶ方がふさわしい。

「うむ」

炎の中を凝視していた月国は小さく頷くと、火床《ほど》から取り出した刀身を、水の入った細長い桶《おけ》に素早く移した。

ぶわっと水煙が立ち、刀身は清廉な水により洗われ、姿を現す。

「ふっ……」

小さな息遣いと共に月国の目元が緩んだ。

暗闇の中で、美しい反りと霞《かすみ》のような刃文を持った刀身が浮かび上がる。まるで、夜空に浮かぶ月のようだ。

満足のいく出来なのだろう。月国は目を閉じ、静かにゆっくりと息を吐いた。

稀人が人に戻っていく――。

それを見届けてから、鋒国もまた静かに息を吐き、頭《こうべ》を垂れた。

「……片付け、終わりました」

鋒国は、先に母家にもどっていた月国に向かって、土間からそう声をかけた。

「うむ」

囲炉裏端の上座に座り、茶をすすっていた月国は小さく頷くと、自分の前に置かれた膳《ぜん》に手を伸ばした。質素な御膳《おぜん》だが、焼いた川魚と細かく刻んだ野菜の入った粥《かゆ》が美味《おい》しそうな湯気をあげている。

「ほんま、お疲れさんやったねぇ」

賑《にぎ》やかな声を上げ、鋒国の髪に後ろからそっと手をやったのは、おつか。月国の末妹で、鋒国にとっては大叔母にあたる。

「先にお風呂《ふろ》に入るか、それともご飯がええか」

汗を流したいのは山々だったが、おつかがそう望んでいるような気がして、「飯にする」と、鋒国は答えた。

「そう言うと思った」

おつかが嬉しそうに応じたのを見ながら、鋒国は月国の向かいに腰を下ろした。

「それで、どない？　今度のもええ具合にできたんか」

膳を持ってきたおつかは、名刀の出来をまるで畑の大根か葱《ねぎ》のように尋ねた。

おつかの歳は四十半ば。月国とは腹違いの妹である。月国の父・矩国《のりくに》（鋒国の曽《そう》祖父《そふ》）は最初の妻との間に月国をもうけたが、その後死別。しばらくして、里の女との間に三人の女の子をもうけた。その一番末がおつかだ。

還暦近い月国とは一回り以上離れているせいか、肌の張りも声の調子も若々しい。若い頃には嫁いで夫も子もいたが、訳あって今は独り身だ。早くに父母を亡くした鋒国にとって、いわば育ての母である。

無口な月国とは対照的に大変なおしゃべり好きで、おつかが一人いるだけで、この家は賑やかだ。

鋒国はちらりと目を上座にやった。あぐらをかき、椀《わん》を手にした月国は、さっきから黙々と顔色一つ変えず、粥を口に運んでいる。出来具合をいちいち尋ねる必要があるかと言わんばかりだ。だが、おつかは全くお構いなしだ。

「なぁってば」

と、焦《じ》れったそうなおつかを見て、鋒国が代わりに「あぁ」と頷《うなず》いてみせた。

「ほんなら、あにさん、都に行くんはいつ？」

おつかは、月国のことを昔からあにさんと呼ぶ。

「……来月の七日に発《た》ちはるんやと」

と、今度も鋒国が代わりに答えた。月国は宮中からも信頼篤《あつ》く、その刀は主に皇子や皇女の守刀になっている。今回の一振りもまた、宮中からの依頼品で、拵《こしら》えを済ませた後、月国自らが持参する手筈《てはず》になっていた。

「七日って、ひと月しかないやん。甚《じん》さんとこ、大変やないの」

甚さんというのは、刀の拵え一切を手掛ける奈良屋甚右衛門《ならやじんえもん》のことである。刀匠が打った刀はこの後、専門の研師、刀身彫刻師、鞘師《さやし》、塗師、刀身の根元を固定する鎺《はばき》を作る白銀師《しろがねし》、鍔《つば》や目貫《めぬき》など金細工を作る金工師、握り手の柄《つか》に装飾的な紐《ひも》巻きを施す柄巻師《つかまきし》……と様々な人の手を経て仕上がる。甚右衛門はそういった細工職人たちの元締めであり、錺《かざり》細工一切を請け負い、手広く商売をしていた。

「……出来るって言うたんやから、出来る」

「どうせまた無理言うたんでしょ。あにさんはごり押しの名人やからな」

おつかがやれやれと肩をすくめた。そのとき、表で「いらっしゃいますか」と若い男の声がした。

「はい」と鋒国が腰を上げるのと、月国が「おお、こっちや」と声を出したのが同時になった。月国はよそ様に対してはきちんと返事をする。

戸口から顔を見せたのは、奈良屋甚右衛門の息子・魁《かい》であった。

「早いな」

「お約束ですから」

魁が如才なく微笑むと、月国は応じるように頷き、床の間に目をやった。打ちあがったばかりの刀は三宝に載せ、白布を被《かぶ》せ、床の間に置くのが決まりだ。

鋒国は一礼すると、刀を取ってくるため床の間に向かった。

魁は鋒国と同い年の十六歳。物心ついたころからよく遊んでくれる兄のような存在だ。鋒国が女であることに気づいているはずだが、余計なことは何も言わない。

魁は今、父の跡を継ぐために修業中だ。こうして刀の受け渡しや細工職人たちの間の調整役をし、時にはそれぞれの作業の手伝いもするようだ。

ほっそりとした体軀《たいく》をしていて力仕事は苦手のようだが頭の回転は速いし、手先も器用で、人当りもよい。去年ぐらいから背丈もぐんぐん伸び、顔つきも急に大人びてきた。顎《あご》や額に吹き出物を出しているのは若さの証拠だが、それ以外は誰の目から見ても、奈良屋の跡継ぎにふさわしい存在になりつつあった。

「また、背が伸びたのと違う？」

おつかが魁の肩に軽く手を伸ばした。おつかの背は魁の肩あたりまでもない。

「何を食べたらそんなに伸びるんやって、よう言われますわ」

と、これまた、如才なく魁は応じた。

「どうぞ」

鋒国が刀を取ってくると、魁は「ありがとうございます」と、律儀に押し戴《いただ》いてから、持参した白木の箱に納めた。そういうさまも、すっかり板についている。

「……大変やったやろ」

魁はそう囁《ささや》いてから、鋒国を見た。心配していると言いたげな目だ。そういうときの魁は昔から変わらない。

「いや、別に」

と、鋒国は答えた。素っ気ない返事になってしまったが、実際、刀が出来上がった瞬間は高揚感もあり、疲れは感じない。

「そっか。そうやったらええけどな」

魁はちょっと笑顔を見せてから、月国に挨拶《あいさつ》をした。

「……ほな、失礼します」

「ああ、頼むで」

「はい」

魁は月国に一礼してから、すぐに踵《きびす》を返した。

「なんや、粥の一杯も食べていけばええのに」

おつかがつまらなそうな声をあげたが、魁は「また今度」と手を上げ、飛び出していった。

「……おばはんと食べても嬉《うれ》しぃないんやろ」

ぼそっと月国が呟《つぶや》く。

「誰がおばはんやって」

むっとしたおつかの目の前に、月国はぬーっと椀を差し出した。

「さぁ、誰やろ」

「はぁ、じいさんに言われたないわ。もうぉ」

口では怒りながらも、おつかは月国の椀を受け取り、甲斐甲斐《かいがい》しくお代わりをつけはじめた。

「芋、多めにな」

「わかってるわ」

軽い口喧嘩《くちげんか》のような、じゃれ合いのようなやり取りが続く。これもこの兄妹《きょうだい》が仲の良い証拠だ。

微笑ましく感じながら、鋒国は自分の粥《かゆ》をすすり始めた。

二

陽の光がなだらかな波に反射してやけに眩《まぶ》しい。

潮の香りを胸いっぱいに吸い込みながら、松平忠輝《まつだいらただてる》は大きく伸びをした。

眼下に広がるのは、紺碧《こんぺき》の海、そして伊勢の湊《みなと》——上方と江戸《えど》を往来する廻船《かいせん》が必ず寄港することから、船宿や問屋が建ち並ぶ賑《にぎ》やかな湊の風景だ。

白い帆いっぱいに風を受けた船が行き交うさまを眺めていると、自分が罪人として流されてきたことが、夢か幻のようだ。しかし、それが現実であることは、後ろに控える厳《いか》めしい顔つきの公儀の遣いたちが証明している。

忠輝は徳川家康《とくがわいえやす》の六男としてこの世に生を受けた。

母は於久《おひさ》（茶阿《ちゃあ》の方）。元は鋳物師《いもじ》の女房だったが、その美貌《びぼう》は抜きん出ていて、彼女に横恋慕した代官が夫を殺害し、我が物にしようとした。於久は逃げ、ちょうど鷹狩《たかが》り中の家康一行に助けられる形で奥勤めに入った。側室となってからは忠輝の他に弟・松千代《まつちよ》（夭逝《ようせい》）を産んでいる。

忠輝は、関ヶ原《せきがはら》の戦いの時は九歳で戦に出ることはなかった。だが、やがて仙台《せんだい》の雄・独眼竜として怖れられていた伊達《だて》政宗《まさむね》の姫を娶《めと》り、大坂《おおさか》の陣では豊臣《とよとみ》家の滅亡を見届けた。

歳《とし》は二十五。越後《えちご》高田《たかだ》七十五万石の藩主として立派に築城までやり遂げ、まだまだこれから世のためになさねばならないことが数多くあると信じてきた。それなのに、父・家康の死後、わずか三ヵ月足らずで城地を全て召し上げられ、配流になると誰が想像しただろう。

しかもそれを命じたのは腹違いとはいえ、兄の二代将軍秀忠《ひでただ》なのである。

私にそこまでされるほどの落ち度があったか——。

忠輝は幾度も自分に問いかけてみたが、答えは出なかった。

ただ、己の信じるままに突き進んできた。命令に背き、父や兄の面目を潰《つぶ》すことになっても厭《いと》わなかった。そうした方が、民のため、世の中のためになるのだと信じていたからだ。

それほどまでに、私が怖いのか——。

忠輝は秀忠の小太り顔を思い起こした。十三歳も年上の兄である。父・家康の三男にあたる秀忠は外見こそ父に似ているが、肝の据わり方は全く似ていない。敵であっても受け止める度量の広さも、人の思いに心を寄せる優しさも、他の追随を許さない大胆さも、残念ながら、この兄から感じたことがない。

忠輝の生まれる前の話だが、長兄の信康《のぶやす》が織田信長《おだのぶなが》の命を受け自刃し果てた時、次兄の秀康《ひでやす》は秀吉《ひでよし》の養子となっていて、秀忠の元に嫡男の座が転がり込んだらしい。それでも家督を継ぐにあたってはすんなり決まったわけではなく、秀康と秀忠、そしてその下の兄、忠吉《ただよし》の間でちょっとした小競り合いがあったと耳にしている。

不可思議なのは、秀康も忠吉も、さらには忠輝のすぐ上の兄・信吉《のぶよし》もみな、戦ではなく病で死んでしまっていることだ。

そして私。いや、いくら何でもそれは考えすぎというものか――。

「殿……」

横に控えていた岩本競兵衛《いわもときょうべえ》が静かな声で出立を促してきた。

幼い頃からいつも側にいてくれる、ありがたい家来だ。これからのことを考えると心配でならないはずだが、態度には一切出さず、これまで通り、側で支え続けようとしてくれている。

今、忠輝に付き従ってくれているのは、この競兵衛を含め十名ほどの家来のみだ。そのほとんどが忠輝同様二十半ばの若さ、中には前髪が取れたばかりの者もいる。みな一騎当千のツワモノで、このまま終わらせるには惜しい者たちばかりだ。

もちろん、忠輝にしてもここで終わる気はない。

流人の身で何ができるか――。

不安がないといえば嘘になる。全ての後ろ盾を失って奈落《ならく》に突き落とされたと、嘆くのが普通なのかもしれない。だが、忠輝はそう思いたくはなかった。流されたと思うから辛《つら》い。強がりでもよいから、羽ばたくための時を与えられたと捉《とら》えればよいではないか。

それに、この伊勢は神の地だ。

森羅万象、全ての穢《けが》れは心がけ次第で洗い清められるという。それが本当なら、この地で全てを清め、生まれ変わればよい。

「……能天気な奴め」

ふっと父の声が耳に蘇《よみがえ》った。愚かだと笑われたと感じたこともあったが、今となってはただただ懐かしい。あの時、この上もなく優しい目をしておられた――。

「殿……」

競兵衛は少し困ったような顔をしている。

「参ろう」

心配するなと、忠輝はわざと明るく微笑んでみせた。

三

今朝早く、約束通り仕上がった刀を献上するために、月国は独り、都へ出かけて行った。

月国が留守にしていても、鋒国の日常に変わりはない。

日の出前から起き出して、滝行を済ませてから、鍛冶場の神棚に水を供える。それから、朝食を食べ、ふもとの村へ米や野菜を買いに行くというおつかを見送ってから、炭切りを始めた。

炭切りは刀匠の仕事としては基本中の基本だ。専用の包丁を使い、燃料に使う炭を一寸《いっすん》（約三センチ）四方程度の大きさに切っていく。使うのは燃えやすく温度が上がりやすい松炭で、軽い炭なので粉もできやすく、衣はもちろん、顔も手指も爪もすぐに真っ黒になってしまう。しかし、これを嫌がっていては仕事にはならない。

余計な考え事をしていると、それが炭に伝わるのか、断面が乱れてしまう。

特に苛々《いらいら》しながら切った炭は炎が怒ると言って、月国は嫌う。

不思議なことに、心を落ち着かせて和らいだ気持ちで切っているときの炭は、鉄に優しい炎を作るというのである。

この日もいつもどおり、鍛冶場の前で無心になって炭を切り続けていると、額から汗が滴り落ちて、目に入った。七月に入ってから急に暑さが増した気がする。

「あぁ、えらいこっちゃ、えらいこっちゃ」

賑やかに言いながら、おつかがふもとの村から帰ってきた。

「お帰り。何がえらいこっちゃなんや。また熊でも出たんか」

鋒国は、つい先日、滝の側に大きな熊がいたとおつかが騒いでいたことを思い出した。

「違う。今度は鬼や。鬼が伊勢に流されて来たんやて」

「鬼……化け物が出たってことか」

「ううん、違う違う。公方《くぼう》さまの弟君で、名は松平忠輝っていうお方」

公方さまとは徳川幕府二代将軍・徳川秀忠のことである。

おつかは人差し指で、自分の目を大げさにぐいっと釣り目にした。

「こ〜んな目ぇして、鼻も天狗《てんぐ》みたいで、そいで口は耳まで裂けてるって」

おつかは身をぶるぶる震わせてみせた。

「けど、公方さまのお身内ってことは、どこかの殿さまやろ」

「さぁ、よう知らんけど、ともかく、生まれた時から鬼っ子って呼ばれてはって、なんや争いごとが好きで、乱暴狼藉《ろうぜき》が過ぎたって」

「それでお取り潰しになったってことか」

「いや、そうやのうて……ちょっと待って」

と、おつかはちょっと記憶を辿《たど》る素振りをみせた。

「ああ、そうそう。大坂の陣のときに、戦うのは嫌やって出てけぇへんかったって。それでお取り潰しになったとか」

この辺りの村の者はみな大坂・豊臣贔屓《びいき》であった。大坂城が落城したことを悲しむ者は多く、表立って言わないまでも、徳川の方が悪いと思っている。

「なんや、おかしいな」

と、鋒国は呟《つぶや》いた。

「何が？」

「そやかて……その鬼っ子さまは徳川方やけど、大坂を攻めへんかったんやろ。そしたら、悪いお人ではなく、よいお人やし、争いごとが好きっていうのも違う気がする」

「あれ、ほんまやな」

と、おつかも首を傾げた。

「けどなぁ……。まぁ、ともかく、九鬼《くき》の殿さまもどない扱ってええか、困ってはるんやって」

九鬼の殿さま――九鬼家といえば、戦国最強と呼ばれる水軍を率いた武門の雄《ゆう》で、織田信長、豊臣秀吉に仕えてきた名門だ。ただ、当代の九鬼守隆《もりたか》は関ヶ原の戦いにおいて東軍（徳川方）に付くことを選び、その功労により、志摩鳥羽《しまとば》藩五万六千石の藩主となっていた。

おつかの話だけでは、結局松平忠輝という殿さまに何があったかはわからなかったし、本当に鬼なのか、それとも良い人なのかもわからない。

しかし、いずれにせよ、鋒国にとっては、あまり関わりのない話に思えた。

「ふ〜ん」

鋒国は興味なさげに応じてから、炭に手をやった。すると、おつかがその手から、炭切り包丁を取り上げた。

「まぁまぁ、今日ぐらいはええやないの。もうたくさん切ったでしょ。はよ、着替えて行かんと」

「行くってどこへ」

不思議そうな鋒国に、おつかはやれやれと笑ってみせた。

「今夜は七夕さんや。お祭り見ておいで」

「七夕さん……」

この辺りの里では、七夕には氏神さまで祭りがある。だが、鋒国は月国から男として生きよと命じられた六歳のときから、村人との付き合いがあまりなく、当然、祭りにも参加したことがなかった。

「世の中のことも少しは知らんとあかん。あにさんもいてへんし、今日ぐらいは羽伸ばし。さ、はよ顔洗って」

おつかは、ためらう鋒国を追い立てるように立たせた。

五節句の一つ、七月七日の七夕《たなばた》（棚機）は、元々はその字の通り、織物を神に供えて豊作を祈るものだった。それがいつの頃からか、「織姫《おりひめ》と彦星《ひこぼし》」の伝説が絡み、織物だけでなく、技芸全般の上達を願う行事へ変化、さらに短冊に願い事をしたためて、笹飾りをするようになった。

「織姫と彦星」の伝説とは、天帝の娘だった織姫と牛飼いの彦星が夫婦になった途端、遊び惚《ほう》けて仕事をしなくなった。怒った天帝は二人の仲を引き裂き、間に天の川を置き、年に一度、七月七日の夜にしか会えなくした。この夜、雨が降ると舟は天の川を渡ることができず、二人は会えずじまいになってしまうというものだ。

この伝説を受けて、里では夜に神事が行われる。村の娘たちが、神さまに織物を献上したのち、織姫と彦星が無事に会えますようにと祈る。美しい星空が広がって織姫と彦星が出会うことができれば、その年豊作になり、短冊に書いた自分たちの願いも叶《かな》うと信じられていた。

鋒国が里まで下りていくと、ちょうど西の山に夕陽が落ちていくところであった。

神社の鳥居をくぐると、境内には篝火《かがりび》が焚《た》かれ、大きな笹竹の周りに村人たちが集うのが見えた。その中心に、魁がいた。ひょろりとした長身の魁はよく目立つ。魁は人気者らしく、彼の周りには里の娘たちがいて、手に手に短冊を差し出し、笹の上の方へ結んで欲しいと頼んでいた。

しばらくその様子を眺めていると、鋒国に気づいた魁が声を上げた。

「おお、来たんか。こっち、こっちや」

「おぉ」と、手招きに応じて鋒国が近づいていくと、娘たちはみな不思議そうな顔になった。普段、里に出てくることのない鋒国を知っている者は殆《ほとん》どいないのだから、当然といえば当然だ。鋒国にしてみても、魁以外、知った顔はない。

素朴な生成りの木綿衣に袴姿《はかますがた》の鋒国とは違い、娘たちはみな色とりどりに染め分けた衣を纏《まと》い、髪紐《かみひも》も赤や黄、緑と目一杯着飾っていて華やかだ。

中でも、ひときわ美しい翡翠《ひすい》色の薄衣《うすぎぬ》を纏《まと》った娘が、物珍しそうに無遠慮な眼差《まなざ》しを向けてきた。歳は同じか、それとも下か。黒々とたっぷりとした髪、色白で目鼻立ちが整った美しい顔立ちだが、気が強そうな目をしている。

「誰？」

娘が短く問いを発した。

「俺か。俺の名は鋒国……」

と名乗りかけると、魁が補足してくれた。

「月国先生のところの鋒国や。俺の幼馴染《おさななじみ》なんや。仲良うしたってや」

「へぇ、そんな幼馴染がいてたなんて、もっと早《はよ》う教えて欲しかったわ。うちの名は小夜《さよ》や。七尾《ななお》の小夜。知ってるやろ」

知っていて当然という顔だ。七尾と名乗ったところを見ると、庄屋《しょうや》の娘らしい。

鋒国はこくりと頷《うなず》き、「あぁ」と小声で応じた。

小夜はまだ値踏みするような目をしていたが、周りの娘たちに宣言するように、こう告げた。

「みんな、仲ようしような」

娘たちがみな頷く。こういう仕切り方はやはり長《おさ》の娘だ。

それからは堰《せき》を切ったように、娘たちが質問を投げかけてきた。

「なぁ、いくつ」

「なぁなぁ、そやったら刀鍛冶《かたなかじ》してはんの」

「なんで、今まで里に下りてこうへんかったの」

みな興味津々という顔で、矢継ぎ早に尋ねてくる。鋒国は戸惑いを覚えながらも、答えようと努力した。

「十六や。……ああ、毎日、刀鍛冶で忙しいからな」

「ねぇ、短冊は、もう書いた？　まだやったらここにあるよ」

と、別の娘が親切に短冊を鋒国に手渡してきた。

「……おおきに。ありがとう」

「なるほど、どうりで、爪が黒いはずや」

小夜にそう指摘されて、鋒国は思わず手を引っ込めた。よく洗ったつもりだったが、炭はそう簡単には落ちてくれないのだ。

「男のくせに小さい手や。そんなんで槌《つち》が振るえるんやね」

小夜は詮索《せんさく》好きなのか、さらに突っ込んでくる。

「はいはい、もうええやろ、その辺で。あっち行こう」

と、魁が鋒国の手を引いて、娘たちの輪の中から逃れようとした。

「ここにおったら、話もできん」

「魁」

小夜が不機嫌な声を上げた。

「彦星がどこいくの」

側にいるのが当然と言わんばかりだ。

「ああ、わかってる。ちょっと離れるだけや」

そう答えて、魁は鋒国を連れて駆けだした。

娘たちから少し離れると、魁はやれやれとばかりに息を吐いて立ち止まった。鋒国も同じく、一息つくことができた。

「ちょっとびっくりしたやろ」

「いや別に。……彦星って何や」

「今年は俺が彦星役なんや」

と、魁は苦笑いを浮かべた。

境内脇の川を天の川に見立てて、恋人同士が再会するさまを演じるのだという。

「へぇ、そやったら、織姫役はさっきの子か」

「ああ、小夜や。今年十六になった娘の中から選ばれた。ほんまやったら」

お前がなっていてもおかしくない……そう続けたかったのだろうか、魁は言いかけて口ごもった。

鋒国は聞こえなかったふりをして、「へぇ、楽しみやな」と軽く流した。

すっかり陽が落ちてしまうと、神事が始まった。

棚機女《たなばたつめ》となった娘たちが厳かに織り上げた布を神殿へ献上し、最後は織姫と彦星の出番となる。

篝火が消されると、夜空一面に広がる星の瞬きの音が聞こえてきそうな静けさが辺りを支配した。

無数の星が川面《かわも》に映り、まるで本当の天の川のようにキラキラと輝やいている。

川上から織姫役の小夜と彦星役の魁を乗せた小舟が静々と進んできた。良きところで停まると、二人は短冊飾りをつけた笹を流し始めた。

神事は粛々と続き、鋒国は真剣に見入っていた。その時であった。

村人たちに交じって見物をしていた鋒国の後ろで、何やらガサゴソと音がした。背後は藪《やぶ》、そして森になっているのだが、何かが動いているようだ。音に気づいた何人かの村人も怪訝《けげん》な顔で振り返った。すると、ぴょんと白いものが藪の中から飛び出して来た。兎《うさぎ》だ。

可愛い白兎の登場に思わず、人々の顔が綻《ほころ》び、鋒国も少し緊張が緩んだ。が、次の刹那《せつな》、バリバリと激しく枝が折れる音がして、今度は大きな真っ黒な獣が飛び出して来た。

激しい咆哮《ほうこう》と同時に、近くにいた村の男が一人、張り倒されて吹っ飛んだ。

獣の正体は熊だった。それも立ち上がった姿は六尺（約一八〇センチ）はあろうかというほどの巨大な熊だ。

熊は獰猛《どうもう》な外見に似合わず臆病《おくびょう》な所があり、通常なら人がいるところには出てこない。ましてや今は神事のさなかだ。誰もがあるはずがない出来事に言葉を失っていた。

一瞬の間の後、どこかで女の悲鳴が上がり、それを合図に人々は我先にと逃げ始めた。泣き叫ぶ子を抱えて走る親もいる。

「急げ、逃げろ。鋒国、早う」

魁が必死の形相で舟の上から叫んでいる。

鋒国も逃げなければとわかっていたが、足が竦《すく》んで動かない。

それでも無理やり後ずさりしようとすると、足がもつれそのまま尻餅《しりもち》をついてしまった。その間にも熊はぐんぐん迫ってくる。

獰猛な顔が目の前に迫った。尖《とが》った爪、大きな口、牙《きば》、赤い舌……。

「わぁっ……」

駄目かと観念して、目を閉じた刹那、鋒国は自分の身体が、ふわっと浮いたのを感じた。目を開けると、見知らぬ男の逞《たくま》しい腕で横抱きされ、鋒国は宙を飛んでいた。男は人とは思えないほど軽々と跳躍し、熊が登ってこられない高さの岩の上まで飛び上がると、鋒国をそっと降ろした。

「……大事ないか」

男は深く柔らかな声でそう尋ねた。

こくり、鋒国は頷くと、男の顔を仰ぎ見た。

すっきりとした首筋、すっと通った鼻筋、見たことのない男だ。

男は美しく澄んだ大きな目をしている。

男はすぐさま身を転じ、再び、跳躍の姿勢に入った。

岩の下では獲物を奪われた形の熊が、怒りの声を上げている。

男は岩の横に降り立つと、熊を誘うように手招きをし、走り出すや、真っ暗な森へと身を投じた。それを追って、熊も森の中に姿を消した。

辺りに再び静寂が訪れた。

怪我をした男となぎ倒された木々がなければ、本当に熊が出たのかと疑いたくなるほど、あっという間の出来事であった。

「……おい、大丈夫か。しっかりしろ。降りれるか」

気が付くと、魁が岩の下から叫んでいた。

「あぁ、大事ない」

差し出された魁の手を摑《つか》んで、鋒国は岩から飛び降りた。

「今のは誰や」

そう問われたが、問いたいのは、鋒国の方だった。

助けてくれたのは誰だろう。いや、あれは人だったのだろうか。

「……知らん。わからん」

鋒国はそう答えるのが精いっぱいだった。

四

「お戯れが過ぎますぞ。熊を相手に追い駆けっこなど」

競兵衛はわざと渋い顔をして、忠輝を諭した。

配流になってからも、この殿はじっとしていることがない。目を離すと、すぐに預かり先の寺を抜け出している。

昨夜も気づいたときには姿がなく、夜遅く戻ってきたときには、喧嘩《けんか》でもしたのか、着物は汗と泥で汚れまくっていた。

何かあったのかと青ざめる競兵衛に、忠輝は「熊と追い駆けっこをな」と笑いながら答えた。

「仕方ないではないか。つい、身体が動いた」

「まことに熊でございますか」

そう問わずにはいられない。忠輝の命を狙っている者は多いからだ。

「ああ、熊だ。身の丈六尺ほどある大きな奴でな。七夕に出てくるとは無粋な奴よ。あのままでは怪我人が出るし、あいつも殺されかねん有様でな」

忠輝は口ではけなしながらも、楽しくて仕方なかったという顔をしている。

忠輝は殺生を嫌う。獰猛な動物であっても滅多なことで殺そうとはしない。この日もそうだが、だいたいが、刀を持たずに出かけてしまうことも多く、熊を上手《うま》く誘って森へ帰したという話に嘘はなさそうだ。

「さようで……」

競兵衛はようやくほっと胸をなでおろした。

今回の配流の沙汰《さた》には、臣下一同に激震が走った。が、側近である競兵衛はそうなることもあるのではと、以前から薄々感じていた。

大御所家康存命のときから、秀忠は忠輝を目の敵にしていた。一回り以上年下の弟に対して何をそれほどまでに警戒する必要があるのかと、忠輝の周囲は首を傾げる者が多く、何かの冗談だと笑い飛ばす者もいたが、競兵衛は笑う気分にはなれなかったし、秀忠の側に立ってみれば、思い当たるふしもあった。

まずは、鬼っ子と呼ばれた出生だ。産まれてきた忠輝をひと目見た家康は、「これは鬼っ子だ」と言い放ち、手元には置かず他家に預けた。

恐ろしい鬼のような容貌《ようぼう》をしていたから――というのは真っ赤な嘘だ。

忠輝は美男の部類に入る。眉《まゆ》は太く、はっきりとした意志の強そうな目が印象的で鼻筋も通り、笑った顔には誰もが惹《ひ》きこまれる愛嬌《あいきょう》がある。それが、家康に今は亡き嫡男信康を思い起こさせたからだという話がまことしやかに伝わっていた。

信康は敵の武田《たけだ》とひそかに通じ謀反を企てたと疑われ、切腹を命じられた悲劇の若君だ。この長男が亡くなったことで秀忠は家康の跡継ぎとなれたのだ。

忠輝の生母の身分は低く、それが元で鬼っ子と呼ばれたという者もいるが、実際のところ、なぜ「鬼っ子」とされたかは定かではない。

ただ、当の本人である忠輝は「鬼っ子」と呼ばれることをなぜか嬉《うれ》しがっていた。他の人より抜きんでた能力を持つ者、それが鬼だとわかっていたのだ。

実際、忠輝は、人並み外れた体力と知力を持ち合わせている。

忠輝が武芸を最初に教わったのは、奥山休賀斎《おくやまきゅうがさい》という武芸家である。奥山新影流の祖として知られる男で、新陰流の祖・上泉《かみいずみ》伊勢守秀綱《ひでつな》に学び、いっときは家康の剣術指南役でもあった。忠輝は幼少の頃に彼を師と仰ぎ、武芸全般を学んだ。

その老師が舌を巻くほどの上達ぶりで、忠輝がわずか十歳の時、家中で敵《かな》う者はいなくなった。剣術体術のみならず、馬術でも水練でもその能力はいかんなく発揮された。

　身体能力だけではない。忠輝は頭の良さでも抜きんでていた。

　何事も吸収していくさまは凄《すさ》まじく、四書五経は無論のこと、忠輝は、キリスト教の宣教師から異国の新しい文化・知識を学ぶことを好んだ。

　特に医学には高い関心を寄せ、そのために異国の言語を学び、いつの間にか分厚い医学書を読みこなし、宣教師たちと激論を交わすほどになっていた。

　医学を好んだのは、薬好きで自ら薬の調合をするほどだった家康と通じ、異国へ興味を示すあたりは、義父（忠輝の正室五郎八《いろは》の父）伊達政宗に似通っていた。

　政宗は遣欧使を出すほどに、異国との交流に積極的で、忠輝をその使者に立てようとしたことがあり、忠輝も異国へ渡ることを夢見ていた時期があった。

「面白そうだとは思わぬか。どのような国なのか、この目で見てみたい。様々な国の者たちと酒を酌み交わし、夜通し語り合う。そう考えただけで胸が高鳴る」

　そう語る忠輝の眼差《まなざ》しの向こうには大海原が広がっていた。

　忠輝は国や身分の違いというものに拘《こだわ》りがない。

「人に何の変わりがあろうか」というのが口癖で、人を貧富の差や宗教で分け隔てしない。村民が困っていれば気軽に野良《のら》仕事まで手伝ってしまう。こと病人がいるとなると、どんなに怖い伝染病であろうが切支丹《きりしたん》であろうが、自ら治療にあたろうとする。だからといって、切支丹になろうとはしなかった。

忠輝にしてみれば、キリストも八百万《やおよろず》の神の一柱にすぎないのだろう。何を区別する必要があるのか、というぐらいだ。

どんな宗教も教義に多少の違いがあっても、それは単なる文言の違いで、本質は変わらないと思っている。わざわざ洗礼を受ける必要性を感じていない。

つまりは「良いものは良い。悪いものは悪い」でしかないのだ。

この考えはぶれることがなく、明確でわかりやすい。それだから、領民からは慕われる。しかし、身分制度に安住を求める者たちからは煙たがられた。

特に幕府は忠輝を切支丹と結託していると考え、警戒していた。

切支丹は神の前では皆平等であると説く。そのことが為政者である幕府にとっては非常に都合が悪かった。さらに彼らは布教のためなら、我が身を惜しむことがない。殉教すれば天国に行けると信じている。忠輝が政宗と謀り、切支丹たちを煽動《せんどう》し、幕府へ反逆することを秀忠は恐れたに違いなかった。

競兵衛はそのことを危惧《きぐ》して、幾度となく忠輝に忠告をした。しかし、忠輝は全く意に介さなかった。

「私は兄上に何も恥じるようなことはしていないし、嫌われる道理がない。兄上が私を亡き者にしたいなど、悪い冗談だぞ。第一、兄上に失礼じゃ」

あまりにも邪気のない顔でそう言われると、疑念を持つことが自らの狭量を示しているようで、恥ずかしくなったものだ。

だがしかし、現状は競兵衛が心配したとおりに進んでいる。

忠輝の抜きんでた能力や自由闊達《かったつ》な精神は、秀忠や幕府にとって脅威でしかなかったということなのだ。

配流先が伊勢なのも、競兵衛には幕府側の隠された悪意にしか思えない。

九鬼家は元来織田信長、豊臣秀吉に仕えてきた一族だ。ただ関ヶ原の折、先代は西軍に、当代は東軍につき、どちらが勝っても負けても生き残る策を取った。

いまだ戦国一だった海軍を有し、幕府にとってはいつ寝返るかわからない、注意を要する大名の一つだろう。もし仮に、九鬼家の中で忠輝の境遇に同情を示す者が出たとしたら……幕府転覆の機会を狙おうとしてもおかしくはない。それらしき動きが少しでも見えたら幕府は躊躇《ちゅうちょ》なく九鬼家を潰《つぶ》そうとするだろう。

つまり、競兵衛には幕府が忠輝を餌にして、九鬼家を潰そうとしているように思えて仕方がないのだ。

九鬼家もそれを見越したのだろう。用心深く、忠輝を城下には置かず、人との接点が限られる朝熊岳金剛證寺《あさまだけこんごうしょうじ》に預けた。

朝熊岳金剛證寺は、古《いにしえ》より伊勢神宮の鬼門を守る位置にあり、「お伊勢参らば朝熊をかけよ。朝熊かけねば片参り」と伊勢音頭の一節に唄《うた》われるほど、お伊勢参りには欠かせない名刹《めいさつ》であり、現在の住職有慶《ゆうけい》は九鬼家当代守孝の実弟であった。

「それにしても、あまり派手なことをなさると九鬼家にご迷惑がかかるというもの」

競兵衛が小言を重ねると、忠輝は少し心配そうな顔になった。

「ご住職が何か仰《おつしや》っていたのか」

「いえ、そうではありませんが……」

「ならよかった」

競兵衛が言葉を濁すと、忠輝は少しほっとしたような顔になった。有慶には迷惑をかけたくない気持ちがあるようだ。

「お前も出かければよかったのに。やはりこの辺りには良い氣《き》が満ちておるのだろうな。美しい星空であった」

それこそ星のように澄んだ目で語る忠輝を見ていると、競兵衛はただ苦笑を浮かべるしかなくなってしまう。

だがもう一つ、競兵衛には恐れていることがあった。

伊勢は大和《やまと》に隣接している。大和には秀忠の兵法指南役・柳生宗矩《やぎゅうむねのり》の支配する柳生の庄《しょう》があるのだ。

競兵衛は宗矩の老獪《ろうかい》な顔を思い浮かべた。文武両道に優れた知恵者という呼び声高い人物だが、好きにはなれない。宗矩は今、四十半ば。無名の浪人だったが、関ヶ原の戦いから頭角を現し、今や天下一の兵法家として知られる。宗矩は常日頃、徳川幕府安泰のためならば、どんなことでもすると豪語していた。

柳生の庄には大勢の門下生がおり、宗矩の命を受けて諸大名の動向を探り、不都合があれば、暗殺を含め即刻処断に動くため、老中すら恐れていると聞く。

事実、柳生の手にかかり、お家断絶に追い込まれた大名家は多い。そんな男が、忠輝を見逃すとは思えなかった。家を潰しただけでは飽き足らず、その死まで追い詰めてくると考えておくのが、側近としての心構えである。

なんとしてもお守りせねば――。

「お願いでございます。今後はお独りでお出にならぬように。せめて私か次郎《じろう》をお連れに」

次郎は御付きの中でも一番歳若の小姓だ。元気があり、いつもみなを和ませる。

「それと、刀は必ずお持ちください。過信は禁物にございます」

こんな小言は言いたくないが、体術に優れているせいか、この殿は放っておけば、刀も持たずに走り出してしまうのだ。

「わかった、わかった」

競兵衛の心を知ってか知らでか、忠輝は軽くいなした。

「それにしても腹が減った。飯はまだかの。ちょっと様子を見てくるか」

「殿……」

言っている側から気軽に外へ飛び出していく忠輝を競兵衛は慌てて追いかけた。

五

月国が京から戻って、数日した午後のことであった。

鋒国がいつものように、谷川から水を汲《く》み戻ってくると、立派な馬が二頭いるのが目に入った。供侍も控えている。どうやら客人は武家らしい。

「どちらさま？」

と、台所にいたおつかに尋ねようとしたときだった。

「やらぬといったらやらぬ」

突然、月国の怒鳴り声が聞こえてきた。何事かと慌てて鍛冶場《かじば》へ向かおうとすると、おつかが待ったをかけた。

「行かん方がええ」

「けど」

鋒国を制すると、おつかは辺りを憚《はばか》るように声を潜めた。

「……幕府のお偉いさんが来てはる」

「お偉いさん……刀を打って欲しいって？」

返事の代わりにおつかは小さく口を歪《ゆが》めた。

「金に糸目は付けぬ。公方《くぼう》さまのご嫡男の守刀を打たせてやろうって、偉そうに」

「はぁ、そりゃあかんな」

なるほど合点《がてん》がいった。月国には少々気難しいところがある。気に入らない相手からはどんなに頼まれても刀を打たない。だいたいが豊臣贔屓《びいき》だった月国は徳川にあまりよい印象を持っていない。

それなのに「打たせてやろう」など、上からの物言いをされて受けるはずがない。

「ええぃ、いい加減、帰れというに」

また も、鍛冶場から月国が怒鳴る声がした。

無礼討ちにされては大変と心配していると、鍛冶場から遣いの侍が二名出てきた。

「ようよう考えなおせ」

格上らしい侍が振り返り、苛立《いらだ》つ声でそう告げたが、奥から月国の返事はなかった。侍は渋面でやれやれと首を振ると、馬に跨《また》がった。次の侍も不快な顔を隠そうともせず、舌打ちをして後に続く。

「ええい、役立たずのじじいめ」

侍は、鋒国の目の前でわざと唾《つば》を吐いた。嫌な感じだ。

しかし、鋒国は丁寧にお辞儀して見送った。

「何をしてるんや。塩や、塩持ってこんかいな」

声と共に、奥から月国が出てきた。かなり不機嫌そうな顔をしている。

「は、はい……」

鋒国が返事をするよりも、おつかが台所から塩壺《しおつぼ》を持って出てくる方が早かった。

「あ〜、あかんわ。撒《ま》いてあげたいけど、あまりありませんのや。どないしょ」

そういうと、おつかは塩壺を開けてわざとらしく覗《のぞ》き込んだ。

「撒いたら、晩のおかずが塩なしになるし……」

「……もうぉ、ええわ」

気勢をそがれて、月国は苦笑いを浮かべた。

「あんなに怒らせて大丈夫やろか」

鋒国が尋ねると、月国は口をへの字に曲げて「知るか」と答えた。

「あにさんの好きにしはったらええけど、うちらに累の及ばぬようにだけはしといてくださいね」

おつかにそう念を押され、月国は肩をすくめると、聞こえるか聞こえないかの小さな声で呟《つぶや》いた。

「……知るか」

「はぁ？」

「ああ、わかった、わかった。そないする」

もうこの話は終わりだというように、月国は手を振り、鍛冶場へと踵《きびす》を返した。

見届けたおつかも塩壺を抱えて台所に戻ったが、鋒国はすぐに仕事を始める気になれなかった。

月国がこんな風に気に入らない客を追い返したのは初めてではない。しかし、何か今回は嫌な感じがしてならなかったのである。

その翌日、鋒国はおつかに頼まれて、里まで下りていくことになった。月国が甚右衛門に呼ばれて出かけてしまった後のことで、おつかは畑仕事があるという。七夕の夜もそうだったが、おつかは鋒国を少しでも外へ出そうと考えている様子だ。鋒国にしても、里へ出かけるのはうれしい。

「けど……じじさまに知れたら、まずいのと違う？」

「かまへん、かまへん。あんたももうええ年頃なんやし。里の人とも話せるようにならんとな。今日はちょうど市の立つ日やし。ほら、もう塩ないし」

と、おつかに頼まれて、里へ買い出しに行くことになった。

里の市に出かけるのはいつ以来だろう。

行商人たちが並べる物をあれこれ見て回ると、心が浮き立ってくる。

野菜や果物はもちろんのこと、器や便利そうな道具類、そして色とりどりの小物、どれもが鋒国の目には新鮮だ。おつかに頼まれていたものを買い揃えても、すぐに帰る気になれず、しばらく、市を冷やかして見て回っていた。

「どうや。買わんかぇ」「おっちゃん、これもう少しまけてぇな」「あかん、あかん」「そない言わんと、ええやんか」「かなんなぁ」などと、値切りしている会話も聞いているだけで楽しい。

常日頃、女であることを忘れてはいるものの、ついつい、櫛《くし》簪《かんざし》や手鏡、金銀錦《にしき》の端切れで作られた小物など愛らしい品に目が行くし、古着として並んでいる小袖《こそで》の前で立ち止まってしまう。と、その時であった。

「ひやぁ、鋒国さんや」

と、後ろから声がかかった。

振り返ると、そこにいたのは七夕の夜、鋒国に短冊を渡してくれた娘であった。

彼女の横には庄屋《しょうや》の娘の小夜もいた。

「わぁ、ほんまや。噂をすれば何とかやねぇ、鈴《すず》ちゃん」

と、小夜が大きな声を上げ、傍らの娘を見た。

「いややわ、小夜ちゃん」

鈴と呼ばれた娘は顔を真っ赤にして、もじもじしている。小夜ほどの美人ではないが、つぶらな瞳《ひとみ》が愛らしい娘である。

「うちの従妹《いとこ》で鈴っていうんや。あんたのこと、話してたとこ」

ということは、小夜と同じく、割と裕福で遊んで暮らせる身分のようだ。

「俺のことを」

と、鋒国は小夜たちを訝《いぶか》しげに見た。何を話していたというのか。

「うん。なぁ、ええやろ。仲良うしたって」

戸惑う鋒国をよそに、小夜はにっこり笑って、仲良くしろという。仲良くの意味がよくわからないが、断る理由もない。これまで友と呼べるのは魁ぐらいしかいないので、同年代の娘が話し相手になってくれるのは楽しそうにも思える。だが、表だって付き合いをすると、男ではないことがばれてしまいそうで、それはそれで面倒だ。

「まぁ、ええけど……仲良うするっていうても」

「ええねんて、良かったな」

小夜は鋒国の最初の答えだけに反応して、鈴に良かったと言った。鈴もパッと明るい表情になった。何やら妙な具合だ。

「ほな、それはそれでええってことで」

と、小夜が待ってましたとばかりに身を乗り出した。

「その代わりと言っては何やけど、うちの方も橋渡ししてほしいねん」

こっちの話が本題だと言わんばかりだ。

「……橋渡しってなんや」

「もうぉ、察しが悪いなぁ。魁のことや。色々教えて欲しいんよ。魁と幼馴染《おさななじみ》なんやろ。魁の好きなものとか何で喜ぶとか、う〜ん、もうぉ、そういうこと」

じれったいと小夜は怒りだした。なぜそんなに怒るのかがわからない。

「えっ……」

戸惑う鋒国に、今度は鈴が尋ねてきた。

「なぁ、鋒国さん、魁さんは小夜ちゃんのこと、何か言うてなかった」

「別に聞いたことない」

「え〜、ほんまに？　うちのこと、何も聞いてない？　ほんまに」

小夜は不満そうな顔になった。しかし、そう問われても、返す言葉がない。「まぁ、ええわ。なぁ、うちと魁が上手《うま》くいくように助けて。ええやろ」

手を合わせ拝む小夜の様子を見て、鋒国はようやく気がついた。

そうか、小夜は魁のことが好きなのだ――。

鋒国はおつかから和歌の手ほどきを受けていた。おつかはがさつな無学者のように見えて、実は若い頃、都にいたこともあり、筆も歌も達者だ。

文字を教えてくれたのもおつかで、その練習として、よく恋の歌を書いては意味を教えてくれていた。だから、鋒国も年頃になった男女が惚《ほ》れ合うのは当たり前だと頭では理解していた。いや、わかっていたはずだった。

これがそういうことか――。

それとわかって小夜と鈴に目をやると、自分が微妙な立ち位置にいることに気づいた。もしかして、この鈴という娘は私を男だと思って、それで――。

「それはあかん」

思わず、否定の言葉が口をついて出た。

「何で？　何があかんの」

小夜は不満顔だ。

「と、とにかくあかん。……そうや、し、仕事があるし、そ、それに……」

鋒国はいやいやと首を振ったが、鈴も小夜も許すわけがない。

「仕事の邪魔はせぇへんよ」

「そうや。助けてくれてもええやん。ケチ」

小夜は綺麗《きれい》な顔を歪《ゆが》め、怒りだした。

「そんなこと言うても……あかんもんはあかんのや。もうぉ、ついて来なっ」

最後は追い払うようにして、鋒国は逃げ出した。

「ちょっと、ちょっと待って」

「逃げることないでしょ」

叫んでいる二人を振り切って、鋒国は家まで走って逃げ戻った。

おつかに頼まれて買い求めた荷物を台所に置き、ひと息ついたときだった。

鍛冶場《かじば》の方で人の気配がした。おつかはまだ戻ってきていないし、月国の戻りは夕方になると言っていたはずだ。

そぉっと中を覗《のぞ》くと、上背のある男が何やら探し物をしているではないか。刀は一本差しているものの身なりはみすぼらしく、野盗のようにも見える。

泥棒かもしれない。鋒国は慌てて、炭切りに使う包丁を手にした。

恐る恐る忍び足で近づく。と、その時、男が振り返りざま、短く言葉を発した。

「次郎、斬るでない」

えっと後ろを振り返ると、鋒国とさほど変わらない若い男が抜き身の刀を構えているではないか。鋒国は驚きのあまり、炭切り包丁を落としそうになった。

「危ないぞ。怪我をしたらどうする」

そう言いながら、男は鋒国の手から包丁を取り上げると、次郎と呼んだ若い男にも刀をしまうように目で合図を送った。次郎は素早く刀をしまうと、隅に控えた。

鋒国は「あっ」と思わず声を上げた。澄んだ大きな目に見覚えがある。七夕の夜、熊から助けてくれた男だ。

「小童《こわっぱ》、お前、ここの者か」

「……う、うん」

「おい、どうした。驚かせて悪かったな」

と、男が微笑んだ。間違いない、あの時のお人だ――。

「……ん？　お前、ああ、確かあの時の」

男も鋒国のことがわかったようだ。

「あ、あの折は……ありがとう存じました」

と、鋒国は丁寧にお辞儀をした。

「礼を言われるほどのことはない。それより月国はまだ戻らぬのか」

どうやら男は祖父のことを知っているらしい。

「何かご用事で」

「まぁな。月国は今でも刀を打っておるのだろう？」

「はい。それはもう……」

「ならばよい。では伝言を頼む。月国に忠輝との約束を果たせとな」

いったいどんな約束があるというのだろうか。

「お約束、ですか」

「ああ、そう言えばわかる」

「……どなたさん？」

ふいに後ろで声がした。振り返るとおつかが怪訝《けげん》な顔で立っていた。手には収穫した野菜を入れた蔓籠《つるかご》を提げている。

「なぁ、どなたさん？」

おつかに問われたが、鋒国は返事に詰まった。今、名乗られた気がするが……。

「忠輝じゃ。松平忠輝。見知りおけ」

鋒国が答えるより先に、男は人懐っこい笑顔を浮かべて、おつかへ近づくとそう名乗った。

「あ、はい。松平忠輝さま……」

おつかはにっこりと愛想笑いをしてお辞儀をしかけて、そのまま固まった。

「えっ、ということは、お、お、鬼」

おつかはあっと口を押さえた。

「無礼者」

と、次郎が叫び、刀に手をやった。が、忠輝はそれを「よい」と制し、おつかに向かってニコッと笑いかけた。

「そうじゃ、知っておったか、鬼っ子の忠輝じゃ」

「あ、あの、その……」

泣きそうな顔になっているおつかには構わず、忠輝は籠を覗き込んだ。

「ほぅ、おぉ、これはよい瓜《うり》じゃな。旨《うま》そうだ。一つくれ。いや、二つよいか」

忠輝は瓜を二つ手にすると、一つを次郎に投げてから、鋒国に振り返った。

「小童、よいな。必ず月国に伝えよ。また来る」

もう一度にっこりと微笑んでから、忠輝はまるで風のように去っていった。次郎もそれに続く。それは残されたおつかと鋒国があっけに取られるほどに素早い動きだった。

「……うわぁ、えらいこっちゃ。えらい失礼言うてしもうた。鬼やなんて」

おつかはへなへなとその場にしゃがみ込んだ。鋒国は慌てて助け起こした。

「でも、鬼っ子って自分でもそう言わはった。怒ってる風ではなかったし」

「そやかて……わぁ、どないしょ。祟《たた》られるかも」

「そんなこと、しはらへんて」

「そやろか」

「うん、だ・い・じょう・ぶ」

鋒国はおつかを安心させるように大きく頷《うなず》いてみせた。なぜかはわからないが、忠輝が噂のような恐ろしい人ではないと思えた。

七夕の夜、熊から救ってくれたときもそうだった。「大事ないか」と囁《ささや》いた声は今も耳に残っている。それに今の茶目っ気ある笑顔が加わった。

「……あのお方が、鬼っ子さま……」

鋒国は爽《さわ》やかな風に吹かれたような心地良さすら感じていた。


「そうか、いらしたのか」

その夜、帰って来た月国は、鋒国から忠輝の伝言を聞くと、懐かしそうな笑みを浮かべた。

「どういうお知り合い？」

と、おつかが尋ねると、昔、大坂で会ったことがあると話した。

「あれは確か、慶長《けいちょう》十年やったかなぁ。十一年ほど前のことや」

十一年前といえば、鋒国はまだ五歳。父も母も生きていた時分の話だろうか。

「そんな話、聞いたことない」

と、おつかが不満そうな顔を浮かべた。

「ほら、しばらくお城の御用で大坂におったことがあるやろ。あの頃のことや」

「けど、この前、鬼っ子さまが流されてきたって話をした時もなぁんも言わへんかったやないの」

「そうか、そんな話してたかいな」

「もうぉ、あにさんは、私の話なんて何も聞いてないんやから」

文句を言うおつかをよそに、月国はうれしそうな顔を隠さない。

「そうか、約束なぁ。覚えておられたとは」

そう呟《つぶや》く顔も機嫌がよさそうだ。

そんな祖父は久しぶりに見ると鋒国は思った。昨日、幕府の客をけんもほろろに追い返したのを見ているだけに、にわかには信じがたい。

「ほんまに、刀を打つ約束、しはったんか」

と、問わずにはいられなかった。

「まぁな」

月国は思い出すように、少し遠い目になった。

「兄上さまの御名代ということで上洛《じょうらく》されてたはずやったけど、まだ、十四か五ぐらいの子にみえたわ。お城の庭で急に話しかけられてな」

そうして、月国は忠輝と出会ったときのことをぽつりぽつりと話し始めた。

「お前の刀は鬼切安綱《おにきりやすつな》より強いか」

忠輝は月国を真正面から見据えると、そう尋ねてきた。形《なり》こそ立派だが、おそらくは元服したばかり、十四、五にしか見えない若武者だ。

鬼切安綱――平安《へいあん》時代の中頃、清和源氏《せいわげんじ》二代の源満仲《みなもとのみつなか》が伯耆《ほうき》国の刀工・安綱に命じて打たせ、『平家物語』や『吾妻鏡』にも登場する有名な太刀である。

当初、試し切りで罪人の髭《ひげ》まで斬れたことから「髭切《ひげきり》」と呼ばれていた。この太刀を手にした渡辺綱《わたなべのつな》が一条戻り橋《いちじょうもどりばし》にて鬼と闘い、その腕を斬り落としたことから、「鬼切」と呼ばれるようになったとされる。

「お前さまは鬼を斬りたいとお思いで？」

相手が誰とはわからないまま、月国はそう問い返した。

「鬼っ子が鬼を斬ってどうする」

忠輝は少し自嘲《じちょう》気味にそう答えた。

「鬼っ子……ほう、ではお前さまが忠輝さまか」

徳川家康の六男に松平忠輝という鬼っ子がいるという噂は耳にしていた。

月国が再度問うと、忠輝は頷いた。

「そうだ。われが上総介《かずさのすけ》忠輝だ。介と呼んでくれ」

「介殿……お待ちを。確か少将さまに任ぜられたのでは」

「ああ、そんなことを言うていたな。だが、官職などどうでもよい。私は介と呼ばれるのが好きだ。それでよい」

そう言いながら、忠輝はにっと口角を上げた。一瞬で人を惹《ひ》きこむ爽やかな魅力を感じる笑顔だ。

「なるほど、では介殿と。私は月国と申します」

「知っている。霊刀を打つと聞いた。で、どうなのだ。鬼切より強いのか」

「強ければどうなさいます」

「欲しい」

「何ゆえ」

忠輝は今すぐ欲しいのだとばかりにぐっと手を差し出した。

「理由がいるか」

「はい。鬼を斬りにきた相手を打ち負かすためでございましょうか。それならばお造りは致しかねます」

「なぜじゃ」

「刀は人を傷つけるものに非《あら》ず。抜苦与楽《ばっくよらく》……すなわち慈悲の力にて苦難を去らせ、幸いを世にもたらすために使うもの」

月国がそう言うと、忠輝は少し悲しげな表情で下を向き、ぽつりと独り言のように呟いた。

「……別に傷つけたり、打ち負かしたりしたいわけではない」

「ではなぜ欲しいと」

月国が重ねて問うと、忠輝は少しためらう素振りをみせた。

「……笑うなよ」

「笑いませぬ」

月国が頷いてみせると、忠輝も軽く頷き、やや伏し目がちにこう続けた。

「悲しませたくないのじゃ。母上を」

「お母上さまを？」

「そうだ。私を鬼だというて嫌う者がいる。死を願う者もいるらしい」

さらりと自分は嫌われ者だと言ってから、忠輝はほんの少し笑顔を作った。諦《あきら》めて生きてきたのか、それとも恨みごとは言いたくないという気持ちがそうさせるのだろうか。

静かに聞いている月国に目をやってから、忠輝はさらにこう続けた。

「鬼っ子と呼ばれる度に、母上は泣くほどお怒りになる。もしも私の身になにか危険が迫れば、身を挺《てい》して守ろうとなさるだろう。そうでなくても、私が怪我でもしたら、どれほど嘆かれるか……。私が鬼切よりも強い刀で守られていると知れば、きっと心安らかにしてさしあげられる。そう思うのだ。……違うか」

違うかと最後に問いかけたとき、忠輝の目にほんの少し恐れがみえた。何かにすがりたい、しかしそれは男らしくない――月国にはそんな迷いもみてとれた。

「そのお姿が、なんや可哀そうに思えてな」

思い出話を終えた月国は、ぽつりと呟いた。それで月国は忠輝の守刀を打つ約束を交わしたのだという。

「へぇ～、えらい珍しいこともあるもんや」

と、おつかが口を挟んだ。

「そやったら、すぐしてあげればよかったのに」

「ああ、そやな。けどあの時は城の御用があったし、妙に忙しいてな。折を見てと思ってるうちに、豊臣と徳川が戦になってしもうたし」

豊臣贔屓《びいき》だった月国にとって、いかに気に入ったとはいえ、徳川家康の六男である忠輝との約束を果たす気分にはなれなかったのかもしれない。

「悪いことしたわ。もっと早《はよ》うに打って差し上げれば、よかったかもしれん」

月国が渋い顔で呟いてから、鋒国を見た。

「さぁ、また忙しくなるな」

「ではお造りに……」

「ああ、大変やぞ。やる限りは、鬼切よりも強い刀にせないかんしな……お前らも早いとこ、寝ぇや」

と、月国は寝所に引っ込んだ。

「おやすみ」

と、見送ったおつかが「なんや、あにさん、嬉《うれ》しそうやね」と呟いた。

「うん」

大変やぞと言いながらも、祖父の声は弾んでいた。

「……鬼切よりも強い刀か……」

どれほどの名刀になるのか、考えただけでも胸が躍る。おそらく祖父も同じ思いなのだろうと、鋒国は思った。

「あんたも楽しそうやな」

「あぁ、どんな刀になるんかって考えただけで、じっとしてられへん」

鋒国はそう応《こた》えながら、忠輝の笑顔を思い浮かべていた。

六

コン……、庭の鹿威《ししおど》しが澄んだ音を立てた。

江戸屋敷の中にしつらえた小さな茶室の中で、柳生宗矩はひとり、静かに茶を点《た》てていた。

「そうか。九鬼家は隙を見せぬか。まぁ、それもそうであろうな。で、あちらはどうだ。寺に入ったところでじっとはしておられぬのだろう？」

茶を点てる手を止めないまま、宗矩は呟《つぶや》いた。

「はい。まったくもって気ままに、供がいなくとも動かれますし、ご自分が流人だということを御承知なのか、疑いたくなります。大峯のふもとまで足を延ばされることも」

と、床下からの声が答えた。宗矩が放った影《かげ》は、こうやって、忠輝の様子を逐一報告してくる。

「相変わらずだな。……まぁ、そのほうが都合は良い」

今朝の登城で、宗矩は秀忠に呼びつけられ「本当に仕留められるのだろうな」と念を押されたばかりであった。

大御所家康さま亡き今、自分を脅かす者がいるとしたら、忠輝であると、秀忠が思っているのは明らかだ。改易に追い込んだだけでは安心できない。それは宗矩も同じであった。何しろ忠輝の後ろには仙台六十二万石の伊達政宗がついている。政宗は宗矩とは四歳年上の五十歳のはずだが、まだまだ枯れたとは言い難い。最後にひと花咲かそうとするなら、娘婿の忠輝を担ぐに決まっていた。

そうさせないための改易ではあったが、家が潰《つぶ》れたぐらいでは安心ならない。早めに手を打つには柳生の庄の者を総動員して差し向ければ済む話ではあるが、あまり表立って動くと、後々面倒が多いことは、これまでの経験上、身に染みていた。

政宗をはじめ忠輝に味方する者たちを刺激することなく、病死か事故死ぐらいに見せかけるのが一番なのだが……。

「山の中なら、いつでも刺せそうに思えますが」

「そう簡単にはいくまい」

宗矩は、作法通りに茶筅《ちゃせん》を置きながら、忠輝の姿を思い浮かべた。隙がありそうでまったくない。つかみどころがない男なのだ。

「例の件はどうなっている」

「来月から典座《てんぞ》になるとの連絡を受けております」

忠輝が預けられた寺の中に修行僧として潜り込ませた者がいる。典座すなわち料理係になれば、毒殺をするのも可能になる。

「すぐにやらせますか」

「慎重にな。わかっているだろうが、機会は一度しかないぞ」

毒殺は簡単な手段にみえるが、一度失敗してしまうと、仕掛ける相手は異常なほど用心するようになり、成功率が格段に下がるのだ。

「承知。では」

と、影が答えた。

「待て。さきほど、大峯のふもとと言うたか」

「はい。月国という刀鍛治《かたなかじ》の元へ」

「ほう、月国か……」

先日、御腰物頭《おこしものがしら》が竹千代《たけちよ》君の守刀を依頼しに行き、けんもほろろに追い返されたという話を聞いたばかりであった。月国の刀を切望していた秀忠は御腰物頭を怒鳴り散らし、役職を解いてしまったのだ。

実は宗矩もかつて月国の刀に魅せられて、どうしても欲しいと願ったが、断られたことがあった。

「どうせ、打ちはせぬであろう。気位ばかり高い男だ」

と、宗矩は鼻で嗤《わら》った。

「それが、あの方の依頼は受けたようで、良き玉鋼を探し求めていると」

「何っ……」

宗矩は思わず、感情的な声を漏らした。この話が秀忠の耳に入ればまたひと騒動始まってしまう。

忠輝の得意げな顔が目に浮かぶ。あの明るく健康的な笑顔で頼まれれば、大抵の者は喜んで彼の願いを聞こうとするだろう。宗矩にしても、もし忠輝が将軍の座についていたとしたら、迷うことなく、その命を捧《ささ》げて全力で守ってきただろう。

だからこそだ。だからこそ、潰してしまわねばならない――。

「……幻斎《げんさい》と繋《つな》ぎはつくか」

宗矩は久しく使っていなかった男の名を口にした。名前の通り、幻術を得意とする影の一人だ。単独で動くことが多く、影の中でも特殊な存在である。

能力は高い。だが、宗矩は幻斎のことがあまり好きではない。何を考えているかわからない不気味さがある。幻斎と対すると、まるで魚に見つめられているかのようで、ひんやりとした深海に落ちていくような錯覚を覚えるからだ。

忠輝が陽なら幻斎は陰、真逆に見えてその実、どちらもつかみどころがないという点は共通している。

「遠国におりますれば、しばし時を賜りたく」

「頼む」

「はっ」

影が去るのを感じながら、宗矩は自分が点てた茶碗《ちゃわん》を手に取った。

深い香りが心を落ち着かせてくれる。一口含むと清涼な精氣《せいき》が体内を巡るように感じる。茶は武人としての嗜《たしな》みの一つだ。

宗矩は、今は亡き柳生石舟斎宗巌《せきしゅうさいむねよし》の五男として大和国で生を受けた。

父は剣の道では比類なき人物だったが、武将として満足いく生涯を生きたとは言い難い。戦乱の世の中で、父は初め筒井《つつい》家に仕えていたが、やがて離反し、松永久秀《まつながひさひで》に与《くみ》した。松永久秀といえば、平蜘蛛《ひらぐも》の茶釜《ちゃがま》という名器を有し、これを織田信長に取られようとした際、共に爆死したといわれる茶人である。当時はそれほどに、名品と呼ばれる茶道具を手にすることが、武将としての価値に通じていた。

久秀の没後、柳生家は豊臣家により領地を没収された。宗矩十五歳のときのことである。そこから父子《おやこ》にとって筆舌に尽くしがたい苦難が続いたが、武芸を磨くことと同時に茶を嗜むことを忘れたことはなかった。

今、宗矩が手にしている茶碗はその父から受け継いだ器だ。父にとっては唯一残された武将としての誇りのようなものだった。

しかし、実のところ宗矩自身は茶器に対して、そこまでの思い入れはなかった。所詮《しょせん》茶器は茶器、命と引き換えにするようなものでもないとも思っていた。明日《あした》の米を買う金がないのであれば、売り払ってしまえばよいと思ったときもあった。

だが、今となってはあの時売らずに済んだことを良かったと感じている。

この茶碗は二度と浪々の日々に戻らないという戒めを与えてくれている。恥ずかしさ、情けなさ、言いようのない焦り……すべてがこの器の中にはある。

正直、あの頃のことを思えば、どんなことも耐えられる。

文禄《ぶんろく》三（一五九四）年、二十四歳で初めてもらえた俸禄《ほうろく》は二百石であったが、宗矩は仕官が叶《かな》った喜びを忘れたことがない。その後は、徳川家のために労を惜しまず、兵法指南役となり、無我夢中で働いてきた。だから大和柳生の庄を取り戻すこともできた。

秀忠が二代将軍となってからは、宗矩の新陰流は将軍家御家流として、天下一の称号を受け、禄は三千石を数えるに至っている。

そういう意味では、取り潰しに遭った家の悲惨さ、理不尽さは骨身にしみている。だが、けっして情けをかけようとは考えない。すべてを失った者がそこから這《は》い上がれるかどうかは、その者自身が決めることだ。

今の宗矩にとって、一番大事なことは、秀忠の意を汲《く》み、どんな手段を使っても徳川幕府を盤石のものとすることだ。

そして、それこそが柳生家を守ることになる——宗矩は人一倍、その思いが強かったのである。

第二章　忍びよる影

一

寺の朝は早い。

金剛證寺で修行中の僧たちは、だいたい七つの鐘が鳴る前（午前三時半ごろ）には起きだし、本堂での朝の読経《どきょう》、座禅を始める。朝食はその後のことだ。

松平忠輝が寺で過ごすようになって、早ひと月が過ぎた。

修行を強いられているわけではなかったが、自然と早起きになり、朝は僧たちと同じように朝食までのひとときを座禅で過ごすようになっていた。といっても、忠輝は自分の好きな場所で座禅を組む。お気に入りの場所は、本堂の少し手前にある池の前であった。

赤く彩色された太鼓橋がかかったこの池は、今の季節、見事な睡蓮《すいれん》の花で彩られる。水面を覆い尽くす濃緑の葉の間から顔を出した蕾《つぼみ》が、朝の清々《すがすが》しい光を受けて、花を咲かせるのだ。白、薄紅、赤……。

冷たい朝の氣《き》を思い切り吸い込みつつ、耳を澄ませば、鳥のさえずりに交じって、その花びら一枚一枚が開く音が聞こえてくる。

「こちらでございましたか」

忠輝が座して花を見ていると、有慶が声をかけてきた。

有慶は伊勢の領主九鬼守隆の実弟で、今は金剛證寺の住職を務めている。忠輝よりは十歳ほど年長。修行のせいかそれとも生来がそうなのか、いつも柔らかな笑みを絶やさず、物静かで穏やかな気配を身に纏《まと》っている人である。

「本堂よりはこちらがお好きなようですね」

「勝手をしまして……」

「よいのですよ、どこで座されようと。こちらの暮らしにもだいぶお慣れになったご様子」

柔和な笑顔を浮かべる有慶に、「おかげさまにて」と答えてから、忠輝は、小さく吐息を漏らした。

「何か、お辛《つら》いことがおありでしょうか」

有慶の問いに頷《うなず》きかけたものの、すぐに忠輝はいやいやと首を振ってみせた。

「いえ、なんと言えばよいのか。ここにいると、全てが夢のようで。重き荷を降ろした心地すらしてしまう。そんな己が……。多くの者を苦しめているというのに」

伊勢に流されてひと月、日々の暮らしには慣れてきた。が、同時に、忠輝は自分を慕ってくれていた家来やかつての領民に対しての負い目が日に日に募って来るのを感じていた。

有慶は静かに寄り添うように、忠輝をみつめている。

忠輝は池の睡蓮に目を転じた。

葉に落ちる朝露は、母や別れてきた妻・五郎八の涙を思い起こさせる。

「幸せにしてやれなかった者たちに、どう詫《わ》びればよいのかわからぬのです」

有慶も睡蓮に目をやった。

「花がなぜあのように美しいか、おわかりになられますか」

「仏の花だから……いや、違うか」

小さく首を振った忠輝に、有慶はこう続けた。

「泥の中から生まれ咲くから……と、私は思うております」

「濁りを知ってこその美か」

「ええ」

有慶の頷きを見てから、忠輝は切なげに目を落とした。

「しかし、汚さずに済むのであればそれに越したことはない。美しいものは美しいままで、私のために泥などかぶって欲しくなかった」

「泥を穢《けが》れと思うか、己のための養いだと思うか、それは花のみぞ知るでございましょう。花には花の意気地というものがありましょうからな」

「花には花の……」

呟《つぶや》き返しながら、忠輝は首を傾げた。いったいどんな意気地があるというのだろう――。

有慶は構わず、踵《きびす》を返した。

「さて、そろそろ朝食の時刻にございますよ。何があっても食べておかねば始まりませぬ」

誘われるように忠輝も立ち上がった。


その日の昼過ぎのことであった。

忠輝は修行僧らに交じって、薪割《まきわ》りを手伝っていた。気ままに外へ出歩いてばかりでは、有慶に迷惑をかけることになる。かといって、座禅ばかりもしていられない。元来じっとしているのが苦手だし、今は座禅を組んでいても、心が落ち込むばかりであった。

その点、薪割りは良い。素振りと同じで、上半身は力まず、丹田にだけ集中し、軽く斧《おの》を握る。そうしてひたすら斧を振り続けていると、頭が空っぽになっていく。

忠輝が競兵衛と競うように薪を割り続け、心地よい汗をかいていたときであった。

「殿……」

競兵衛がちらりと後方に目をやった。言われなくても、誰かがこちらを見ているのは感じていた。

それは伊勢に来てから度々あることで、おそらくは幕府からの見張りであろうと思っていた。いちいち相手にするのも面倒くさい。

だが、今日の相手は少し違うようであった。

競兵衛の視線の先には、墨染の衣、白脚絆《しろきゃはん》に草鞋《わらじ》、頭陀袋《ずだぶくろ》を前に吊《つ》るし、錫杖《しゃくじょう》をつき、網代笠《あじろがさ》を被《かぶ》った雲水《うんすい》（旅の修行僧）が立っていた。幕府の見張りであれば、姿を現すことはない。

雲水は軽く網代笠を上げ、辺りを見渡してから、ゆっくりと忠輝の方へ近づいてきた。六尺近くの大柄、引き締まった体軀《たいく》で無駄な肉がない。武術の心得がありそうだ。

隣で競兵衛が身構えるのがわかる。だが、雲水から殺気は感じない。忠輝は競兵衛に小さく首を振ってみせた。

「いずこからお越しか」

先に忠輝が声をかけた。

「北より。ようよう辿《たど》り着きました。こちらは暑うございますなぁ」

明るく大きな声が返って来た。妙に人懐こい笑顔の雲水である。

「宿坊はあちらでございますよ」

と、競兵衛が案内を買って出ようとすると、雲水は「恐れ入ります」と答え、汗を拭《ぬぐ》ってから、少し身を屈《かが》めこう囁《ささや》いた。

「我が名は大林坊《だいりんぼう》と申します。松平忠輝公とお見受けいたします」

競兵衛に再び緊張が走った。

忠輝はゆっくりと辺りに神経をやったが、他に見張りの気配はない。それを裏付けるように、大林坊は笑みを浮かべた。

「公儀の見張りなら、ご心配なく」

「始末したというのか」

「いえ、城下で少し騒ぎが。みな、今日はあちらに掛かりきりでございましょう」

「どこからの遣いじゃ」

「仙台さまより、お預かりものがございます」

仙台ということは、舅《しゅうと》だった伊達政宗の手の者ということだ。

「遠路はるばるご苦労であった。しかし……すまぬが受け取るわけにはいかぬ」

伊達家とやり取りをしていることがもしも幕府に漏れたら、ただでは済まない。改易となって、思いはどうあれ、縁は切れた。これ以上の迷惑をかけるわけにはいかないと忠輝は考えたのだ。

だが、大林坊はにこやかな笑顔のまま、引かなかった。

「お持ちしたのはお方さまからのお手紙にて。お返事は要らぬとのことですので、どうかお納めを」

そう言いながら、頭陀袋から取り出した袱紗《ふくさ》を、忠輝ではなく競兵衛へ押し付けた。

お方さま――つまりは正室だった五郎八姫からの手紙ということだ。無下に扱うわけにはいかず、競兵衛は弱り顔で忠輝を見た。

「読むだけ。せめてもの、お情けにございます」

忠輝は仕方ないと小さく頷《うなず》いてみせ、競兵衛は袱紗を懐にしまった。

見届けた大林坊はさらにひと言添えた。

「それともう一つ。どうか、食べ物にはよくよくお気を付け下され」

「中に間者がいると？」

競兵衛が尋ねた。

「おっても不思議ではございませぬ。毒見は必要かと」

「わかり申した」

競兵衛が緊張した面持ちで返事をした。

「では、拙僧はこれにて」

一礼して踵を返そうとした大林坊に、忠輝は「待て」と声をかけた。

「後で読んでおく。だが、忘れてよいのだと伝えてくれ。危ないことをしてはならない。もう私と関わるな、とな」

「…………」

大林坊は黙って頷くと、深々と頭を下げ、去っていったのだった。

ちょうどその頃、水汲《みずく》みから戻って来た鋒国は家へ入るに入られず、困っていた。

中で、おつかと月国が激しく口論をしていたのだ。

「ええですか、あにさんの跡を継がせるのはええけど、世間のことも少しはわからんと、ええ刀鍛冶《かたなかじ》にはなれんのと違いますか」

「それはそれや。そんなことして、もしもやな」

どうやら、おつかの遣いで里に出たことが月国に知れた様子だ。勝手なことをしたと怒る月国に対して、おつかは鋒国を里の者と少しは交わらせた方がよいと主張し、一歩も引こうとしない。

「そりゃ、あにさんが心配しはるのはわかりますよ。千《せん》ちゃんみたいなことになったらどうしょうって、私もいつも思うてますよ」

千ちゃんとは、鋒国の父・千国《せんくに》のことである。千国の叔母であるおつかはいつも千ちゃんと呼び可愛がっていたようであった。鋒国は、幾度となくそう聞いたことがある。けれど、鋒国自身は父の顔も母の顔も殆《ほとん》ど覚えていない。うっすら記憶がある気もするが、それは後から作り上げた幻影のようなものだ。

この時代、両親が死んでしまった子など珍しくもない。病で倒れる者も多かったし、飢餓や戦で命を落とす者もいた。何か事情があったのだろうとは思っているが、なぜ亡くなったか、はっきりと聞いたことはなかった。なぜかその話になると、月国もおつかも言葉を濁し、はぐらかすからであった。

「遠国で亡くなったから、なぜ亡くなったかはわからない」——一度、そんな風に言われたことがあり、おそらくはっきりとしたことは、月国もおつかもわかっていないのだと考えるしかなかった。

「……けどね」と、おつかは続けた。

「千ちゃんが殺されたのは、あにさんのせいやありません。世間知らずであんな女に惑わされたから。違いますか」

「……椿《つばき》のことをそんな風に言うな。仮にも鋒国の母親やぞ」

「母親やなんて……幼い子を捨てて出て行った女ですよ」

鋒国はこれまで母のことをおつかが悪しざまに言うのを聞いたことがなかった。

それどころか、おつかはいつも美しく優しい女だったと言ってくれていた。

それなのに、私を捨てて出て行ったとはどういうことだろう。死んでしまったのではなかったのか——。

立ち聞きした内容は鋒国を混乱させていた。中ではまだ月国とおつかの言い合いが続いている。益々《ますます》入りづらくなった鋒国は一旦《いったん》、離れようとして、水桶《みずおけ》を壁に派手にぶつけてしまった。

「あっ……」

　せっかく汲《く》んできた水がこぼれてしまった。焦る鋒国の元に、おつかの声が飛んできた。

「誰かおるの」

「……あ、はい」

　鋒国は恐る恐る顔を出した。月国は気まずそうにそっぽを向き、おつかは慌てた表情をしている。

「あんた、いつからそこに」

「今さっき。なんや手間取ってしもうて」

　鋒国は平静を装った。

「なんか、あった？」

「ううん。ちょっとな。あにさんが分からず屋やから、喧嘩《けんか》してた」

　と、いつものようにおつかは笑った。だが、その様子は必死に取り繕っているようにも見えた。

「おい」

「そやかて。村の人と付き合《お》うたらあかんなんて、いい加減可哀想でしょう。なぁ、いい機会や、この子の考えも訊《き》いてみましょう。あにさんの跡を継ぐにしても、うちがおらんようになっても、ここで暮らしていくのは鋒国や。里の人とまったく付き合いなしっていうわけにはいかんのやし」

「もうわかった。お前の話はええから」

と、月国は渋い顔でおつかを遮り、鋒国に顔を向けた。

「ほな言うてみろ。お前はどう思うんや。村のもんと付き合いたいか」

おつかは鋒国に頷けと言うように目で合図を送って来た。

鋒国は、村人との交流よりも母のことで頭の中がいっぱいになっていた。死んだのではなく出て行ったのだとしたら、どこかで生きているのではないか……そうだとしたら……。

「会ってみたい」

思わずそう呟《つぶや》いてしまってから、鋒国は頭を下げた。

「いや、その……いろんな人に会って話をして……。もしお許しが貰《もら》えるんやったら、京や大坂にも出かけて、この目で見てみたいと思ってるし」

京、大坂と聞いて、月国はじろりと鋒国を睨《にら》んだ。

「す、すみません」

慌てて鋒国は身をすくめた。が、月国は怒っている様子ではなかった。

「……そうか。お前、いくつになったんやった？」

「十六、になりました」

月国は考え込むように目を伏せたまま、返事をしない。

おつかは心配そうに鋒国と月国を交互に見ていたが、やがて、こう口添えした。

「……なぁ、十六いうたら、うちもあにさんも京大坂に出てた頃ですよ」

月国は一つ咳払《せきばら》いすると、目を開けた。

「……好きにせぇ」

「ほな、ええんですね」

おつかは嬉《うれ》しそうな声を上げると、「良かったな」と鋒国を見た。あまりにあっけない許しに鋒国は戸惑っていた。

「……ほんまにええんですか」

「ああ。けど、姿はこのままや。女やとばれるようなことは一切するなよ」

「はい」

もちろん、わかっていますと鋒国は大きな声で返事をした。

『いかがお過ごしでございましょう。私は無事父の元に戻り、安らかに過ごしておりますので、どうぞご安心くださいませ』

二

夜、忠輝は一人になってから五郎八の手紙を開いてみた。生真面目な五郎八らしい文字と文言が続く。

『伊勢の空も、今、私が見上げている空も同じと思いながら、日々、暮らしております。この身は遠く離れていても、殿をお慕いする心に変わりはございません』

改易・配流が決まったとき、忠輝が真っ先におこなったのは、義父である伊達政宗へ詫《わ》び状をしたためることだった。

忠輝が五郎八と婚姻したのは、十年前のことになる。

正直、五郎八との縁組を聞かされたときは気が重かった。おなごというものの扱いがよくわからなかったし、鬼っ子と呼ばれている身を相手がどのように思うのか、少し気がかりもあり、面倒くさくもあった。

だが、先に会った政宗は、忠輝が漏らした懸念を笑い飛ばした。

「見くびってもらっては困る。独眼竜の娘が鬼など怖いはずがない。慣れておるわ」

幼い頃、病で片目を失っている政宗は独眼竜と呼ばれ畏《おそ》れられていた。その娘である五郎八が噂や外見で人を判断するおなごではないと言い切ったのだ。

「鬼っ子、上等ではないか。異能の者こそ、我が息子にはふさわしい」

豪快な政宗は、その言葉通り、忠輝を我が子同然に扱ってくれた。気兼ねなく、酒を酌み交わし、狩りにも行った。高田城の普請にあたっては、先頭を切って采配《さいはい》を振るってもくれた。名実ともに力強い味方であった。その恩に報いることができなかった自分が情けなく、忠輝は必死に詫びるしかなかった。

配流先に連れて行くことはできない。離縁をするから、伊達家で面倒をみて欲しい——そう書き連ねながら、忠輝は我が身の不甲斐《ふがい》なさを嚙《か》み締めていた。

『五郎八のこと、何卒《なにとぞ》、よろしくお願い申し上げます』

詫び状の最後はそう締めくくった。

子をなすことはできなかったが、自分には過ぎた正室だったと思う。優しく、美しく、賢かった。ただ、彼女は切支丹の教えに傾倒し、洗礼を受けてしまっていた。しかしそれも、元はといえば忠輝が宣教師と交流を重ね、五郎八に興味を持たせたせいで、彼女に非はなかった。

「どうか新たな伴侶《はんりょ》を得て、幸せになって欲しい」

五郎八を仙台へ戻す朝、忠輝は直《じか》にそう告げた。

五郎八はまだ二十三歳だ。その気になれば、どんな大々名との縁組も可能なはずだ。だがどんなに言葉を尽くしても、五郎八は頑として首を縦には振らなかった。

「私にとって、添うべきお方は殿だけです」

五郎八は目に大粒の涙を浮かべ、そうはっきりと断った。その目はそれ以上、何か言えば、その場で自ら命を絶ってしまうのではないかと思うほどの固い決意を思わせた。誰が何と言おうと己の道を突き進もうとする激しさ――あのときほど、五郎八が独眼竜の娘であることを意識したことはない。

今、手紙を読んでいると、あのときの五郎八が思い出されてならなかった。

「それで、そなたは本当に良いのか……」

手紙に向かって、そう呟くことしかできない己が辛《つら》かった。

切支丹には自害が許されていないことが、忠輝にとっては救いであり、かつ憂いでもあった。五郎八の生涯を自分に縛り付けることになるからだ。

ない思いから、忠輝はひそかに寺を抜け出した。じっとしてはいられなかった。山を駆ける忠輝の姿を大きな月が見守ってくれていた。

その夜、鋒国はひとり、母家の裏へ向かっていた。そこは小高い丘になっていて父と母のものだと言われてきた墓があるのだ。

丘の上、月灯《つきあか》りに照らされて、墓石として頭大の石が二つ仲良く並んでいる。

幼い頃から、折に触れ、おつかとここへ来た。日当たりのよい場所でここからは四方の山々や里がよく見える。のどかな陽の光の中で、おつかはこう話してくれた。

「お前のととさまは気の優しいええ人やったんよ」

「ほな、かかさまは？」

「かかさまか……そやな。かかさまは綺麗《きれい》な人やった。美禰もきっと、べっぴんさんになるで」

「ほんま？」

「ああ、ほんまや。ここで二人して、美禰が無事に大きゅうなるの、見守ってくれてるから、寂しいことはないで」

そう言いながら抱きしめてくれたおつかのことを鮮明に覚えている。それだからこそ、昼間の話がにわかには信じられない。

――母親やなんて……幼い子を捨てて出て行った女ですよ。

――千ちゃんが殺されたのは、あにさんのせいやありません。世間知らずであんな女に惑わされたから。違いますか。

いったい何があったというのだろう。なぜ、おつかはあんなことを言ったのだろう。父は母のせいで殺されたということなのだろうか。

鋒国は今まで両親がいなくても寂しいと感じたことがなかった。それもこれも、おつかと月国が慈しんで育ててくれたおかげだ。けれど、父母がどんな人だったかはいつも想像していた。声を荒げることもない、笑顔の似合う優しい父と、その傍らで桜の花のように愛らしく、美しい母――おつかの言葉を手掛かりにして、自分なりの両親像を作り上げていたのだ。

そして、二人は穏やかな光の中で、いつも仲良く笑い合っているはずであった。

それが違うというのか。真実を知りたいという気持ちがふつふつと湧いてくる。

しかし、これまでおつかが嘘をついてまで隠して来たことを聞き出してよいものか。悲しませることになるんじゃないだろうかという思いも同時に頭をもたげた。

けれど、知りたい……。

かかさまはどういう人だったのか。ととさまと何があったのか。

かかさまが生きているのか。生きているとしたら、今どこで何をしているのだろうか。お会いしたい。そして、その口から本当のことを聞きたい――。

忠輝は川の清涼な水を口に含むと、汗を拭《ぬぐ》った。

どれほど走っただろうか。走っても走っても頭に浮かんでくるのは五郎八の悲しげな顔だ。

川を渡る風は涼しく、心《こころ》に沁《し》みる。

己の不甲斐なさをどう謝ればよいのだろうか――。

忠輝は懐に手をやった。

取り出したのは最後に目通りが叶《かな》ったときに、父、家康からもらった竹笛だ。

乃可勢《のかぜ》と呼ばれる銘笛で、節が一つしかない一節《ひとよぎ》切りの竹に漆を施し、節には金泥で織田家を示す織田木瓜《もっこう》の家紋が入っている。そう、この笛の元々の持ち主は織田信長だ。信長亡き後、豊臣秀吉、徳川家康と、三人の天下人の行く末を見続けた笛なのである。

大切にされてきたと見え、忠輝がもらい受けたときにはまだ誰も使っていない様子だった。音曲好きの忠輝は毎日のように触れ、自分の音色を出すまでにしたのだ。

忠輝は、おのれの唇を唄口《うたぐち》に当てると、目を閉じ静かに息を吹き込んだ。

墓に手を合わせている鋒国の耳に、風に乗って微《かす》かな音が聴こえてきた。

鳥の鳴き声か、いや、誰かが笛を吹いている。

しのび泣くようなせつない音色だ。

どこから聴こえているのか――。

鋒国は誘われるままに、丘を下りた。

笛の音色は、いつも水を汲《く》みに行く川のほとりからするようだ。少し行くと、木立の間から、下の岩場に腰を下ろした人物が目に入った。

吹いているのは尺八よりも少し短めの縦笛だ。がっしりとした肩からは似合わない繊細な指、すっきりとした顎《あご》、鼻先、無造作に結われた髪……月に照らされたその横顔を見た鋒国は思わず、「あっ」と声を上げそうになった。

鬼っ子さまだ――。

忠輝は、一心不乱に笛を奏でている。そして、その閉じた目からはとめどなく涙が流れていた。

なぜあのように辛そうなお顔をしているのだろうか――。

声をかけることも近寄ることもできず、かといって立ち去ることもできない。哀愁を帯びた笛の音から、離れがたいのだ。

鋒国は木の根に腰を下ろし、目を閉じ、しばし笛の音に身を委《ゆだ》ねることにした。悲しい音色だが、不思議なことに包み込まれるような優しさを感じる。

ふと目を開けると、いつからいたのか、大きな目をしたふくろうが少し離れた梢《こずえ》に止まっているのが見えた。いや、ふくろうだけではない。川の向こう岸にはこれまで鋒国が遭ったことのない大鹿がいた。重たげな大きな角を持つ鹿は、静かに目を閉じ佇《たたず》んでいる。その姿にはまるで森の王者のような風格が感じられる。

ふくろうも大鹿も鋒国と同じように笛の音に呼び寄せられたとみえて、忠輝の笛に耳を傾けているのだ。

さらには川岸にちらちらと小さな光が舞い始めた。蛍の季節はとうに終わったはずなのに、笛の音色に合わせるように、蛍は乱舞している。

それはまるで夢を見ているような不思議な光景であった。

笛の音が止むと、一瞬、静寂が広がり、川のせせらぎだけが聞こえてきた。

ふくろうが大きな羽を広げ飛び立つと、大鹿はゆっくりと向きを変え、深い森の闇の中へ帰っていった。忠輝は立ち上がり、その姿を静かに見送っていた。そうして、大鹿の姿が消えるやいなや、忠輝は反対側の森の奥へ去ってしまったのだった。

三

「おぉ、これは」

その日運ばれて来た膳《ぜん》を見て、思わず忠輝は声を上げた。椀《わん》の中にはがんもどきの煮物が旨《うま》そうな湯気をあげている。豆腐を丸めて油で揚げただけの素朴な料理だが、ここしばらく、肉にありついていない忠輝にはたいそうなご馳走《ちそう》に思えるのだ。

本来、禅寺の食事はいたって質素なもので、魚、肉、卵など動物性のものやニラ、にんにく、ねぎといった匂いの強いものは禁じられ、一日二食、朝は粥《かゆ》と漬物、焼き塩のみ。もう一食は麦飯と一汁一菜が基本である。また、調理から食事、後片付けまでが修行であるとされるので、食事中には声を出してはいけないなど、全てに細かい作法が決められてあった。

忠輝が特別扱いを断ったこともあり、忠輝主従は修行僧に準じた膳を戴《いただ》いている。食事の回数や一汁一菜は別に構わないのだが、さすがに魚も鳥も口にできないことが続くと若い男としては辛《つら》いものがある。もどきであっても、雁《がん》の肉に似せて作られたおかずがうれしくなり、思わず子供のような声を上げてしまったのだ。

側に控えているお付きの者たちが苦笑を漏らした。中でも一番歳若の次郎がおかしそうに噴き出すのを堪《こら》えているのが、癪《しゃく》にさわった。

「こら、何を笑う。お前らもうれしいだろうに。違うか」

競兵衛は一人、すまし顔だ。

「殿、お静かに」

「フン、つまらぬ奴め。ま、いい。ありがたくいただくとしよう」

忠輝は合掌し、膳に向かって頭を下げると、作法通り、食前に唱える経「五観の偈《げ》」を唱え始めた。他の者たちもそれに続き合唱する。

「一つ、功の多少を計り、彼《か》の来処を量る。二つ、己が徳行の全欠を忖《はか》って、供《く》に応ず……」

経なので文言は難しいが、要するに、人はみな大切な他の生命によって支えられ、犠牲の上に生かされている。それに値する人生を送っているか、常に感謝と反省する心を忘れないこと。我欲ではなく健康のために食し、精進努力を続けよというものだ。

「……三つ、心を防ぎ、過《とが》を離るることは、貪等《とんとう》を宗《しゅう》とす。四つ、正に良薬を事とするは、形枯《ぎょうこ》を療ぜんがためなり。五つ、成道のための故に、今この食《じき》を受く」

唱えながら、忠輝は苦笑いを浮かべた。

先ほどのように喜ぶのは慎まなければならない行為の一つだ。

流人の身でこうして毎日、きちんと食事を戴けるのは、それだけでありがたいこと。贅沢《ぜいたく》を言っては罰があたるというものかもしれない。

唱え終わり、箸《はし》を手にしようとすると、競兵衛から待ったがかかった。

「お待ちを。毒見いたしますゆえ」

「私が」

と、末席にいた次郎が嬉《うれ》しそうに毒見役を買って出て、食べ始めた。

「旨いか」

「はい」

忠輝の問いにも次郎は元気に答えた。

「よし、食べよう」

がんもどきは、色つや良く、汁が煮含められていて、箸で一口大に切ろうとすると、汁がこぼれてしまいそうだ。忠輝は、思い切って一個を丸のまま、口に放り込んだ。口の中に旨味《うまみ》のある汁が広がる。と、そのときだった。

「うっ……」

微妙な、本当に微かな違和感だったが、反射的に忠輝はがんもどきを吐き出していた。

「食うな」

忠輝が叫んだのと、次郎が白目を剝《む》いて、口から泡を噴いたのが同時だった。

隣にいた者が慌てて、吐き出させようと次郎の介抱にまわった。

「殿っ」

競兵衛が悲壮な顔をして駆け寄って来た。忠輝は一旦《いったん》、膳にあった茶碗を手に取ったが、すぐにそれを捨て、競兵衛に沸かし置きして部屋に置いてあった白湯《さゆ》を持ってこさせた。何度もうがいをしたが、喉《のど》にひりつくような痛みが走り、嘔吐《おうと》が襲ってくる。

「殿」

「だ、大事ない、み、みなは」

次郎の介抱をしていた者が泣きそうな顔で、駄目だというように首を振った。

「何っ……」

競兵衛が、お静かにというように口に人差し指をあてた。

廊下の向こうから近づいてくる人の気配がある。

毒殺を謀ったのであれば、必ず、確認しにくる者がいるはずだ。

忠輝は他の者たちに、倒れたふりをするように目で合図をした。

果たして、近づいてきた足音はしばらく障子の外から窺《うかが》っていたようだが、そーっと障子を開けて中に入って来た。

若い修行僧だ。末席にいた次郎がこと切れているのを確かめるように、足先で突くと、僧はにやりと笑い、奥へ進んだ。

上座の忠輝へと近づいてくる。

引き付けるだけ引き付けて、忠輝は素早く身を躱《かわ》し、脇差《わきざし》を抜いた。周りの者たちも一斉に脇差を抜くと、僧を取り囲んだ。

失敗に気づいた僧は激しい目で忠輝を睨《にら》んでくる。

忠輝は睨み返した。

「どこの者だ。誰の命を受けた」

「……………」

当然ながら答えはなかった。僧はにやりと不敵な笑みを浮かべるのみだ。

「いかがいたしますか」

「そうだな、とりあえず縛っておくか」

「はっ」

競兵衛が頷《うなず》き、他の者が僧を縛ろうとした。その時だった。僧は素早く何かを口に含んだ。

「やめろ、吐かせろ」

だが、遅かった。おそらくは、料理に使ったのと同じ毒だったのだろう。僧は口から泡を噴いて倒れるとそのままこと切れたのだった。

すぐに事の次第を知った有慶が、慌てた様子で離れにやってきた。

「……申し訳ございませぬ。何とお詫《わ》びしてよいか」

毒を盛った僧は、典座役《てんぞ》についたばかりだったという。

「何も証拠になるものは持っておりませんが……おそらくは柳生の手の者かと」

自害した僧の衣服などを検《あらた》めていた競兵衛が告げた。

「忍びだというのか……」

「はい」

それを聞いた有慶が困惑した表情を浮かべた。

「一昨年《おととし》よりこちらにおりましたもので、よもやそのような者とは思わず……。今一度、みなの身元を調べさせねば」

「いや、こちらにも油断がござった……」

と、忠輝は返した。忍びであればいくら身元を洗ったところで、防ぎようはない。

　有慶もそう思い至ったのか、忠輝に用心を促した。

「今後もこういうことが起きぬとは限りませぬ。柳生が絡んでいるということは、公方《くぼう》さまは配流だけで済ませる気がないということでございますよ」

　黒幕は公方、つまり兄・秀忠だと有慶は言うのである。一番考えたくないことだ。

　忠輝はぎゅっと拳《こぶし》を握りしめた。

「……なにゆえか。なにゆえ、兄上は私を」

　兄の邪魔をしようとしたことなどない。ましてや将軍職を欲したことも一度もない。なのに、なぜ、これほどまでに嫌われるのか——。

　忠輝の嘆きを聞きながら、家臣たちもみな沈痛な表情を浮かべ、有慶もまた小さく吐息をついた。

「……その思いが公方さまに届く日が来ることを祈るしかありますまい」

　有慶はそう呟《つぶや》いたが、その顔にはそんな日は来ないと書いてあるように、忠輝には思えた。

有慶は次郎の遺骸《いがい》に目を移し、手を合わせた。

「それにしても痛ましい……」

苦悶《くもん》ではなく和らいだ顔をしているのが、唯一の慰めだ。

「丁重に葬ってやることにいたしましょう」

「お願いいたします」

そう答えながら、忠輝はどうしようもない腹立ちを感じていた。こんな若い身で、死んでしまったことが許せない。いや、腹が立つのは自分自身に対してだ。なぜ助けてやれなかった。なぜ！　私はこの犠牲に値する人物なのか！

「みな、よいか」

と、忠輝は競兵衛たち家来に目をやった。

「己の身を守ってくれ。私のことよりもまず己のな」

競兵衛はじめ、家来たちはみな戸惑った顔になった。

「殿、それは無理というもの」

と、競兵衛が代表して答えた。

「なぜだ」

「なぜと仰せになっても。我らは殿のためにここにいるのでございますから。次郎にしても、お役に立てて本望と存じます」

「そのようなことがあるかっ」

忠輝は思わず声を荒げた。

「これは無駄死にというものぞ」

「さにあらず」

そう口を挟んだのは有慶であった。静かだが、きっぱりと忠輝を制した。

「お嘆きあるは当然のこと。しかし、そのようなこと言うては、この若者が浮かばれませぬ」

忠輝はぎゅっと唇を嚙《か》み締めた。

そうだ。そうなのだ。己の不甲斐《ふがい》なさを次郎にぶつけてどうしようというのだ。

「……すまぬ。すまぬ、次郎……」

忠輝は次郎の遺骸を抱いた。ぽとりと涙がこぼれた。

「許してくれ、次郎……」

涙を浮かべ何度も次郎の名を呼ぶ忠輝を見て、他の者たちも涙を拭《ぬぐ》っていた。

四

「うむ。かなり良いな」

忠輝の刀を打つために集めた玉鋼を選別しながら、月国は頷いた。

通常一振りの刀を打つためには、その約十倍の分量の玉鋼が必要になるとされる。刀は「折れず、曲がらず、よく切れるもの」でなければならない。曲がらず切れるためには鋼は硬ければ硬いほどよく、折れないためには軟らかい方がよい。両極の性質を兼ね備えるために、刀は、硬い鋼（皮鉄《かわがね》）で、軟らかい鋼（心鉄《しんがね》）をくるむという方法が取られる。

そのためには、まず選別という工程を行う。原料の玉鋼を硬いものと軟らかいものに分けるのだ。熱して薄く打ち延ばしてから、小槌《こづち》で叩《たた》き割り、小さな欠片《かけら》にしてから選別していく。

月国は小槌で割った感触だけですぐに判別がつくようだが、鋒国にはまだまだ難しい。戸外から射しこむ陽光に欠片を照らしつつ、見た目、断面がきれいなものは炭素量が多く硬く、そうでないものは軟らかい——教えられた通り分けているつもりだが、月国に「違う」と怒られることもしばしばだ。

鋒国が月国の手元、視線、全てを覚えようと懸命に目を凝らしていると、突然、耳元で声がした。

「ほう、これから刀が出来るのか」

「えっ……」

思わず振り向くと、忠輝の顔がすぐ目の前にあった。

「おお、介殿か」

月国が嬉《うれ》しそうな声を上げると、忠輝も笑顔で応じた。

「いきなりすまぬ。あまりに真剣な様子ゆえ、声をかけるのを逸した」

戸は開け放たれているので、すぐにどんな作業をしているかはわかったのだろう。

「ようお越しくだされた」

「月国、覚えていてくれたか」

「むろん。介殿こそ、よう私めを覚えていてくだされたことじゃ」

「……当たり前よ。そちのような老いぼれ忘れるものか」

忠輝はそう言って笑った。口は悪いが嫌な感じは全くない。

「どうした小童《こわっぱ》、私の顔に何かついているか」

　自分では気づかずにいたが、ずっと忠輝を見つめ続けていたらしい。鋒国は「いえ」と小さく答えると視線を外に向けた。

　外には従者らしい男が一人、見張り番に立っているのが見えた。この前来ていた若い男とはまた違う。忠輝と同じか少し年上に見える男だ。手には矢を持ち、油断なく辺りを見渡している。

「あれは私の供で競兵衛という。少々口うるさいがよい奴だ」

　鋒国が問うより先に忠輝がそう教えてくれた。

「あ、はい……」

「ここではお話もなんでしょう。母家《おもや》へ」

　と、月国が立ち上がろうとした。

「いや、手を止めさせては悪い」

「なんの、これはお前さまの刀の分じゃて」

　月国がそう答えると、忠輝は少し渋い顔になった。

「うむ？　どうかなされたか」

「ああ、そのことだが……」

　忠輝は少し言いにくそうに顔を伏せた。

「すまぬ」

「約束を守れというたが、あれはなしにしてくれぬか……すまぬ」

「はぁ？」

「月国の刀は要らぬということでしょうか」

「いや、要らぬわけではない。今も月国の刀が欲しい気持ちに変わりはない」

矛盾したことを言っているのに気づいたのか、忠輝は再び「すまぬ」と言った。

「……ようわかりませぬな。要らぬわけではないが、打つなとはどういうことで」

と、月国は忠輝を真正面から見た。忠輝はその目を眩《まぶ》しそうに避けると、「……迷惑をかけたくない」と呟《つぶや》いた。

「はい？」

「この忠輝と関わったことが知れたら、そちに迷惑がかかる。そう思い至ったからだ」

だから諦《あきら》めるのだと言いたげに、忠輝は唇を噛んだ。

「迷惑……。はっ、しょうもないことを」

と、月国が吐き捨てるように言った。

「月国も見くびられたものじゃ」

「誰も見くびってなど」

忠輝が口を挟もうとするのを、月国は睨《にら》みつけて、制した。

「介殿、よいか。この月国、どれほど大金を積まれても、たとえ命を取ると言われても、打ちたいと思わねば断る。そう決めておりまする。この度は打ちたいと思うたから打つ。それまでのこと」

「それはありがたい。しかし……」

「ええい、まだ言うお積りか」

と、怒った次の瞬間、月国は「うっ」と顔をしかめ、胸を押さえた。

みるみる顔が青ざめていく。

「うっ……うう」

「月国、しっかりせぇ」

忠輝は月国を抱きかかえるようにして、支えた。

「じじさま……」

意識を失い倒れ込んだ月国を見て、鋒国は茫然《ぼうぜん》となった。

「競兵衛」

忠輝は外の者を呼ぶと、支えを代わらせた。

「何度目だ、このようなことは」

「えっ……」

「小童、しっかり返事をせぇ」

忠輝に怒鳴られて、鋒国はやっと我に返った。

「あ、いえ、初めてです。じじさま、じじさま」

「ここでは介抱も出来ぬ。母家に移すぞ。よいな」

「あ、……は、はい」

「競兵衛、慎重にな」

突然のことで鋒国が取り乱している間に、忠輝はてきぱきと競兵衛に指示を与え、月国を母家に移した。

「布団は……」

「はい、こちらに」

バタバタと布団を敷き、月国を寝かせる。

忠輝は手慣れた様子で、月国の脈を取り、胸に耳を当て、身体の診察を始めた。

月国は意識を取り戻したが、ぐったりとしている。

「白湯《さゆ》か水はあるか」

「は、はい」

鋒国が水を汲《く》んで戻ってくると、忠輝は懐から薬袋を取り出し、丸薬を一粒、月国の口に含ませた。そうして自ら水を口に含み、口移しで月国に飲ませた。

「しばし休め」

月国は忠輝の言葉に頷《うなず》くと目を閉じた。

「……しばらく様子をみよう」

やがて、月国は規則正しい寝息を立てはじめた。心なしか顔色も戻ったようだ。

鋒国はほっと吐息を漏らした。

「おい、小童、お前、月国をじじさまと呼んでいたが孫だったのか」

「うん」と鋒国が頷いた。

隅に控えていた競兵衛が無礼者というように、鋒国を軽く睨んできた。

「そ、そうです」

言い直したのを見て、忠輝がおかしそうに笑い、鋒国はそれで余計に恥ずかしくなった。

「親は？　この前いた女が母か」

「いや、おつかさんはじじさまの妹で……親はおりませぬ」

「あぁ、そうか。では、三人で暮らしているわけか」

鋒国がこくり頷くと、忠輝は母家の中を物珍しそうに眺めはじめた。

「あのぉ……介殿さま」

そう呼びかけると、忠輝は「介殿さまか」と、苦笑いを浮かべた。

「まぁ、何と呼んでもよいが……介さまか殿さまか介殿か、どれかにせぇ。あぁ、鬼っ子さまでもよいぞ」

忠輝がいたずらっぽい顔になった。

「では鬼っ子さまとお呼びします」

わざと嫌がりそうなことを言ってみたが、忠輝は「いいぞ」と笑った。競兵衛が何か言いたそうな顔をしたが、鋒国は構わず、こう続けた。

「鬼っ子さまは、お医師なのですか」

「まぁな、医術はバテレンから少し学んだ」

「ば、バテレン……異国の？」

目を丸くした鋒国を見て、忠輝は微笑んだ。

「怖がることではない。異国の者とて同じ人だ。あちらでは病にどう対処しているか、知りとうてな。あちらは凄《すご》いぞ。身体の中を切り裂いて調べるのじゃ。お前も具合の悪いところがあるなら、いつでも診てやるぞ」

「いや、要りませぬ」

鋒国が慌ててブンブンと首を振ると、忠輝はまたおかしそうに笑った。

「何も切るとは言わぬ。遠慮などするな」

と、忠輝は手を伸ばしてくる。

「嫌や。やめて」

「おい、おなごのような声を上げてどうする」

「違う、違いますっ」

「ハハハ、何をむきになっている。おかしな奴だな」

忠輝に笑われて、鋒国は下を向いた。

と、そのとき、畑に出ていたおつかが帰って来た。

「な、何事……」

「おつかさん、じじさまが」

おつかは背負っていた野菜籠《かご》を脇に置くと、月国の枕元に駆け寄った。

「あにさん……」

眠っている月国と側にいる忠輝とを交互に見て、おつかは頭を下げた。

「薬を飲ませたから眠っている。心配するな」

「もしや殿さまが看病を……まぁ、なんとお礼を申し上げてよいやら」

おつかがそう言っているのを見て、鋒国は初めて忠輝に礼を言うのを忘れていたことに気づいた。

「鬼っ子さま、ありがとう存じます」

「これ」

鋒国が鬼っ子さまと呼んだので、おつかは慌てた顔になったが、忠輝は「よいのだ」と笑った。

「礼も不要だ。それより、後でこの者に薬を届けさせるゆえ、養生するように伝えてくれ」

と、忠輝は競兵衛に目をやった。

「は、はい……」

おつかは競兵衛にも頭を下げた。

「では」と、忠輝が座を立とうとしたときだった。忠輝の衣の裾《すそ》を月国がぎゅっと握って、引き留めた。

「おお、目が覚めたか」

「はい」と、月国は返事をし、起き上がろうとした。

「まだ、お話が終わっておりませぬ」

「無理をするな」

と言いつつ、忠輝は月国が起きるのを手伝った。

月国は布団の上に座り直すと、鋒国を呼んだ。

「水を一杯くれぬか」

「はい」

鋒国が水を汲んでくると、月国は美味《おい》しそうに飲み干してからこう言った。

「しばらくおつかと外へ出てくれ。介殿と二人で話がしたい」

それを聞いて忠輝も競兵衛へ外に出るように命じた。

人払いをして、何を話そうというのだろう。怪訝《けげん》に思いながらも、鋒国はおつかと共に外へ出た。

月国は忠輝と二人きりになると、布団を脇にのけ、きちんと正座をし、手をついた。

「お願いの儀があります」

「おい、やめてくれ。いったい何の真似だ」

忠輝は月国の手を取り、顔を上げさせた。

月国は忠輝の目をひたとみつめ、こう願った。

「打てとひと言、月国の刀が欲しいと言うてはもらえませぬか」

「それは……」

「……私の病をおわかりになったでしょう」

忠輝は返事の代わりに問いかけた。

「これまでにも倒れたことがあったのか」

「ええ、幾度かは。すぐに治まっていたので、家の者に気取られたことはありませぬが」

「そうだったか。確かに心の臓が少し弱っているようだな。だが、しかるべき医師に診せ、きちんと養生すれば」

「気休めはようございます。父親も同じ病でしたから、ようわかっております。そう長くはないと。違いますか」

月国に嘘はつきたくなかった。忠輝は否定せず、唇を噛《か》んだ。それを見て、月国は静かに微笑んだ。

「それに、目もだんだん、よう見えんようになってましてな。これも父親と同じでして……」

それは長年、灼熱《しゃくねつ》の炎を見続けたせいだろう。

「おそらく私が満足いくように打てるのはあと数本……それゆえ、打っておきたいのでございますよ。あなた様のために」

月国は懇願するように忠輝を見つめてくる。忠輝は直視できず、目を逸《そ》らした。

「……迷惑をかけてしまうかもしれぬ」

「構わぬと申したはず」

「そなたの命を縮めることになるかもしれぬ」

「構いませぬ」

「駄目だ、そのようなことは」

忠輝はいやいやと首を振った。どうしても死んでいった次郎のことが頭をよぎる。

「悔しくてならぬのだ。命を捨ててもよいなどと言われる度に。それが戦場ならばいざ知らず、世はもう泰平になったのだ。なのになぜ、己をもっと大切にせぬ。……しかも、私のような者のために。なぜそのようなことを言うのか」

思わず、言い募ってしまった。

その様子を月国は慈愛のこもった瞳《ひとみ》で見つめ続けていた。

「さぁ、なぜでございましょうなぁ。ただ一つ言えるのは、あなた様は人をその気にさせてしまう何かをお持ちじゃ」

「その気？」

「魅了するというのか、目が離せぬというか……それは幸せなようにみえて、不幸なことかもしれぬ。それゆえ、もっと早くお造りしておけば、配流の憂き目にお遭わせすることもなかったと、そのようにも思うております」

「配流はお前のせいではない」

「傲慢《ごうまん》に聞こえましたかな」

と、月国は苦笑を浮かべた。

「いや、そうではない。そうではないが」

「私とてまだ死にたいわけではありませぬ。ただ、人生の最後にこれぞというものを残したい。勝手に打てばよかろうと思われるかもしれませぬが、望まれて、この方をお守りするのだと思うて打つのとそうでないのでは、どうしても出来が違《ちご》うてしまう。私はあなた様をお守りするものを打ちたい。ご迷惑でなければ、どうか、この老いぼれの我儘《わがまま》に付き合《お》うては貰《もら》えませぬかな」

そう懇願する月国の手を取り、忠輝は頷《うなず》いた。

「こちらこそ望外の申し出だ。迷惑のはずがない」

「ならば、打ってよろしいか」

「ああ、だが一つ約束をしてくれ」

「何なりと」

忠輝は月国の手を握り締め、しっかりと目を見て告げた。

「死ぬな」

月国は一瞬、驚いた顔になったが、あろうことか、笑い出した。

「ハハハ、人はいずれ死にまする。死なぬお約束はできかねまするぞ」

「それはそうだが……命は懸《か》けるな。頼む」

忠輝の懇願に、月国は頷いたのだった。

五

その日、柳生宗矩は、僅《わず》かばかりの供侍を連れ、お忍びで江戸市中の見回りをしていた。下の者に任せておけばよいようなものだが、ご城下をじかに見ておくのは、将軍家を守る者として、最低限必要な仕事であると宗矩は常々考えていた。

家康が江戸入りをしてから二十六年、ほとんど湿地ばかりだった町は造成を繰り返し、美しく変貌《へんぼう》を遂げている。

各藩の江戸屋敷が造られ、それに伴い御用商人も地方から出てくるという具合で、人が急激に増えている。それに水道工事など土木工事や大工仕事も多く、必要なのはどうしても男手で、江戸は男の数が女に比べて著しく多い。そうなると悪所(廓《くるわ》)が必要となり、遊女屋が乱立するようになっていた。

ただ、こうした悪所が増えると、どうしても治安が悪くなり、幕府としても対処を考えなくてはならなくなった。

そこで四年ほど前から、江戸市中に散在している遊女屋を集めて管理しようという話が持ち上がり、その候補となったのが、この葺屋町《ふきやちょう》(現在の中央区《ちゅうおう》日本橋《にほんばし》人形町《にんぎょうちょう》付近)界隈《かいわい》であった。御多分に漏れず、葭《よし》の生い繁る湿地だったのを埋立てたばかりの土地である。

街道の起点となっている日本橋にも近いせいか、人の行き来は多い。職人や商人、それにどこかの旗本らしい侍や浪人らしい者、網代笠《あじろがさ》を被《かぶ》った托鉢《たくはつ》姿の僧もいる。忙《せわ》しなく通り過ぎる者、ゆったりと町を眺めながら歩く者など、さまざまだ。

「なるほど、ここならばよさそうだな」

宗矩は独り言《ご》ち、布施の一つも恵んでやろうかと、托鉢僧にちらりと目を向けた。とその時であった。突然、突風が吹き、砂塵《さじん》が舞い上がった。砂塵は渦を巻き、砂嵐となり、襲ってくる。町を行き交う人たちが逃げ惑う。

宗矩は砂から目を守るために、笠を深々と被った。が、次の瞬間、不思議なことに、町の喧騒《けんそう》も供の者たちの声もしなくなった。

閉じた目を開けると、何もない真っ白な空間が広がっている。

「幻斎か……」

宗矩の声に応じるように、目の前に先ほどの托鉢僧が現れた。

僧は笠を取ると、宗矩の前に跪《ひざまず》き、一礼すると顔を上げた。髪も眉《まゆ》も剃《そ》り上げられた中で、切れ長の大きな目だけが凄《すさ》まじい力で迫って来る。宗矩は引き込まれないように目を逸らした。

「お呼びと伺いました……」

「腕は衰えておらぬようだな」

「いえいえ、殿こそ、相変わらずお達者で。お心はなかなか読めませぬ」

宗矩はやれやれと苦笑を浮かべた。幻斎の術は幻影を見せるだけではない。人の心を読み、その人の欲望の塊を増幅させ、思うように操ろうとするのだ。

「読まずともよいわ。もう少しマシな出方を考えろ」

不愉快だと言っているのに、幻斎には全く堪《こた》えた様子がないのが、余計に癪《しゃく》に障る。

「伊勢の鬼退治と伺いましたが、私が手を下すまでもない仕事では？」

「それがなかなか上手《うま》くいかぬようでな。失敗したと知らせが来たのだ。確実に誰の仕業かわからぬように仕留めてもらわねば困る。それに、もう一つ、やって欲しいことがあってな」

「何でございましょう」

「月国という鍛冶《かじ》がおってな。そやつが鬼のために刀を打つそうな。その刀、どうしても手に入れたい。出来るか」

宗矩が問うと、馬鹿なことを訊《き》くものだというように、幻斎はふっと鼻先で嗤《わら》った。

「……それこそ、私でなくてもよさそうな」

「そう言うな。霊刀を打つそうだ。お前の幻術がどこまで通用するのかも知りとうてな。あ、しかし、月国の一族を殺してはならんぞ」

秀忠が月国の刀を欲しがっているのはよくわかっていた。忠輝を始末すると同時に、月国が打った刀を竹千代君の守刀として献上すれば、秀忠はさぞや喜ぶことであろう。貴重な月国の技はこれからもまだまだ使えるはずだ。それが宗矩の思惑であった。

宗矩は懐から金の入った袋を取り出し、幻斎に投げた。

幻斎が素早くそれをしまうのと、幻術が解けるのが同時だった。

宗矩の目の前には、つい先ほどまで見ていた葺屋町の景色が広がっていて、幻斎の姿はどこにもない。

供侍が平然と立っているのが目に入った。

「殿、次はどちらに行かれますか」

「……お前、何も見えなかったのか」

「何もと仰《おつしや》いますと」

供侍は怪訝《けげん》な顔になった。

「いや、いい。屋敷に戻る」

宗矩は小さく舌打ちすると、踵《きびす》を返した。

六

「じじさまに何事もありませぬように」

昨日一昨日《おととい》と雨が降り続いたせいか、滝の水量がいつもより多い。夏でも冷たいその流れに身を清めながら、鋒国は懸命に祈り続けていた。

これまで大きな病などしたことがなかった月国が倒れたことに、鋒国はかなりの衝撃を受けていた。考えてみれば、月国はもう六十近い。何が起きても不思議ではない歳なのだと思い知らされた気がする。

幸い、月国が寝込むことはなく、もう大丈夫だと笑ったが、胸騒ぎがしてならない。

もしも、もしも月国がいなくなってしまったら……今まで考えたこともなかったことが、頭をよぎり、いてもたってもいられなくなるのだ。

こうやって滝に打たれ、無事を祈っていると少しは気が落ち着く。

滝水から上がり、いつものように濡《ぬ》れた衣を脱ぎかけたときだった。突然、背後に視線を感じた。

「誰っ」

振り向きざま、鋒国は胸を手で隠した。

そこに立っていたのは忠輝であった。忠輝は啞然《あぜん》とした表情で鋒国を見つめてい
る。

「こ、小童《こわっぱ》……お前、女だったのか」

かーっと頭に血が上った。否定しようにも、上半身は晒《さらし》一枚、それも濡れていて
身体の線は露《あら》わになっている。女であることは隠しようもない。

水に潜るべきか。

いや、潜ったところで隠れようもない。

もたもたしているうちに、忠輝は岩に置いてあった着替えを手に近づいてくる。

「お、おい……これを」

羞恥心《しゅうちしん》が急に押し寄せてきた。

「来たら、あかん」

鋒国は必死に叫んだ。

「しかし……」

「鬼っ子さまなんて、大っ嫌い」

言うなり、鋒国は忠輝の手から着替えを奪うように取ると、その場を逃げ出した。

鋒国は、岩場をぴょんぴょんと飛びながら逃げていく。

その姿を、忠輝は茫然《ぼうぜん》と見送っていた。子供、それも少年だと思っていたのに、意外に女らしい姿だったことに戸惑いがあった。

「……まるで白兎だな」

苦笑を一つ浮かべると、「さて、どうしたものか」と呟《つぶや》いた。

月国の様子伺いに立ち寄るつもりだったが、あんなに怒ったところを見ると、さすがに今日は帰るしかなさそうだ。

それにしても、なぜ女の身で刀を打っているのか、それが不思議でならない。

「仕方ない。出直すか」

そう独り言ちると、忠輝は踵を返した。

「誰だ、あれはいったい……」

帰っていく忠輝の姿を滝の上から見ていた者がいた。魁である。

魁は、鋒国が滝行をしているときから見ていた。別に隠れ見るつもりはなかったのだが、出ていくことができず、身を潜めてしまった。

実は魁は幼い頃にも一度、鋒国が水浴びをしているのを見てしまったことがあった。それで女だということは承知していたが、あのように成長した裸を見るのは初めてだった。

見てしまったことがわかると鋒国が嫌がるだろうというのはわかっていたし、見なかったことにして立ち去ろうとしたのだが、そこへ若い男がやってきたのだ。

止める間もなく、男は無遠慮に鋒国へ近づき、声をかけてしまった。

——鬼っ子さまなんて、大っ嫌い。

確か、鋒国はそう叫んでいた。

「鬼っ子さま……もしや、あれが」

月国が嬉々《きき》として、松平忠輝公の刀を打つと言っていたことを魁は思い出した。

一世一代の刀になるから、最上級の玉鋼を用意してほしいと頼まれたのだ。

それだけでも大変珍しいことだと思ったし、それが、配流になった松平忠輝のためのものだと聞いて、魁は二度驚いたのだ。

「うむ、待てよ……」

魁は、七夕の夜、熊から鋒国を助けた男とさきほどの男がよく似ていることに気づいた。
そうだ、あの時の男だ。あれが忠輝さまなのか。
あの方の刀を月国は打つのか。
なぜか、無性に腹が立ってきた。
あの気難しい月国が喜んで刀を打つということへの嫉妬《しっと》か。いや違う。
これまで鋒国が女だという秘密は自分一人のものだったのに——。
魁は忠輝が去った方向を睨《にら》みつけていた。

第三章　思　慕

一

しばらくして、月国は松平忠輝のための刀を打ち始めた。

鋒国は、祖父が無理をしているのではないかと心配だったが、おつかに相談しても、「好きにやらせるしかない」というだけだ。

しかし、ただでさえ暑いこの季節、真っ赤に熾《お》きた炭火の側で、刀を打つのは、かなり過酷な作業だ。体力だけでなく、刀鍛冶《かたなかじ》はその炎をみつめ、勢いを調節し続けなければならない。

刀鍛冶の世界では、「炭切り三年、向こう槌《づち》五年、沸かし一生」と言われる。この「沸かし」の要《かなめ》は、真っ赤に焼けた炭の入った火炉に風を送り込む鞴《ふいご》なのだ。火炉の前に陣取った月国の左手は鞴を慎重に操り続けている。

いつもなら、鋒国は、月国が頃合いをどう図っているのか、しっかりと見て覚える――はずであった。

はずであったというのは、今回、鍛冶場《かじば》に邪魔者が入り込んでいるためだ。

これまでも村人が手伝いに来たり、他の刀工が修業しに来たりしたことはあった。それを邪魔者だと感じたことはない。しかし、今回鍛冶場に入っているのは、あの鬼っ子さま、松平忠輝とその供の競兵衛であった。なぜか月国は忠輝たちが見学することを許した。さらには二人して、槌を握り、叩《たた》かせてくれというのも許した。

力のある若い男二人が槌を握ると効率がよいのは事実だが、鋒国にとっては全くもって受け入れがたい。することが減ってしまうことに加えて、動きにくくてしょうがない。大きな男二人がいるだけで、どうしてこんなにも鍛冶場は狭くなるのだろう。

仕方なく鋒国は月国の手元を観ようと身を乗り出した。

すると、忠輝がさっと割り込むように入って来た。

邪魔をする気かとむっとして睨みつけようとしたが、次の刹那《せつな》、火の粉が飛んできて、忠輝の衣や腕にふりかかった。かなり熱かっただろうに、忠輝は微動だにせず、鋒国を見て、「大丈夫か」というように微笑んだ。

もし、忠輝が割り込んでこなければ、鋒国は火の粉を頭から被《かぶ》っていただろう。

礼を言うべきかもしれないが、鋒国は目が合っただけで何も言えなくなった。

あの日、滝の所で、裸を見られて以来、鋒国は忠輝と面と向かって話をしていない。思い返す度に、あのときの忠輝の驚いた顔、しぐさ……全てが克明に蘇《よみがえ》ってきて、恥ずかしさで死にそうになる。大声を出して、何もかも消し去ってしまいたい衝動にかられる。けれど、忘れることなんてできない。

しばらくは滝に行くのも憚《はばか》られた。仕方ないから水は汲《く》みに行くけれど、滝行をするのが怖い。もしも誰かに見られたらと思うと、こそっと岩陰に隠れるようにして水浴びをするしかない。こんなことは初めてだ。

鋒国は、月国にもおつかにも、秘密がばれたことを話せずにいた。

なのに、忠輝はというと、まるで何もなかったかのように無頓着《むとんちゃく》に、「ようぉ、小童《こわっぱ》」と相変わらずの調子で接してくる。

彼もまた、あの日のことを誰にも話していないようだ。それは助かったが、それにしても、側にいられると、緊張して落ち着かない。

「ぼやぼやするな」

「あ、はいっ」

月国に叱られて、慌てて鋒国は作業に戻ったが、やはり忠輝が視界に入ってくる。

それだけではない。

鋒国が何かしようとすると、忠輝はすぐに手を貸そうとする。

神棚の水を替えようと器に手を伸ばしたら、忠輝が先に手にしている。

薪《まき》を割ろうとすると、「任せろ」と鉈《なた》を取り上げられる。

今も水桶《みずおけ》を持とうとしたら、一瞬早く、取られていた。

「汲んでくるのか」

問いには答えず、奪うように水桶を手にして、鋒国は鍛冶場の外に出た。

「はぁ……」

と、鋒国は大きく息をついた。

「……蟬時雨とはよう言うたものだな」

突然、頭の上で忠輝の声がした。忠輝も鋒国を追うように外へ出てきたのだ。

「えっ……」

鋒国は忠輝を見上げた。小柄な方ではないが、それでも忠輝の胸ぐらいまでしかない。

「蟬だ、蟬」

確かに、今を盛りとばかりに蟬が喧《やかま》しいほどに鳴いている。

「こんなん、いつものことや」

わざと素っ気なく応《こた》えた。

「やはり、私が汲んでこよう。川まで行くのであろう？」

と、忠輝が鋒国の手から水桶を取り上げようとした。

「結構や」

鋒国は水桶を持つ手にぎゅっと力を入れた。

「良いではないか」

「構わんといてください」

「だが、私が行った方が早く戻ってこれるし、水は重いぞ」

忠輝の言葉を無視して、鋒国は水桶を手に歩き出した。

「待て、では一緒に行こう」

「無用」

「なぜだ」

「なぜって……要らぬと言うておるのが、わかりませぬか」

鋒国は怒鳴ったが、忠輝は全く意に介していない様子だ。

「何を怒っているのだ」

「怒ってはおりませぬ」

忠輝はくすっと笑うと、鋒国の額をちょんと人差し指で突いた。

「ほれ、それを怒っているというのだ。おかしな奴だな」

小馬鹿にされたようで、腹が立ってしようがない。

「鬼っ子さまはお暇なのですか」

「そうだなぁ、暇といえば暇だ」

忠輝はしれっと答える。

「寺におっても暇じゃ。経を読むしかのうてな」

「だからというて、要らぬお節介は無用です」

「要らぬお節介か。そうかなぁ。ほれ、見ろ」

と、忠輝は鋒国の腕と自分の腕を並べた。忠輝の逞《たくま》しい手や腕と比べれば、鋒国のは半分ほどの細さしかない。

「お前はか弱い。愛らしい者を助けるに憚《はばか》ることはない」

「あ、愛らしい……」

そんなことを言われたことはなかった。

「ああ、そうだ。ゆえにこれは要らぬお節介とは言わぬ」

忠輝は優しい目で鋒国の顔を覗《のぞ》き込んでくる。

頭がかーっと熱くなる。

硬直してしまった鋒国の手から忠輝は水桶をもぎ取った。

「わかったら、私に任せろ」

「こ、困りますっ」

と、大声を出したときだった。鍛冶場から月国と競兵衛が出てきた。

「な、何を大きな声を出しとる。おお、介殿、水汲みなど鋒国がやりまする」

と、月国は慌てて水桶を取ろうとした。

「鋒国、お前、まさか殿さまに水桶を」

「違う、鬼っ子さまが取り上げたんや」

「これ、何という呼び方を」

言うなり、月国の拳固《げんこ》が頭に落ちてきた。

「痛っ」

「おい、やめぬか。叩いてはならぬ」

と、今度は忠輝が月国を止めた。

「私がそう呼んでもよいと言ったのだ」

「だからというて、鬼っ子さまなどと。これ、早《はよ》う謝りなさい」

月国はまた叩こうと手を伸ばした。

「嫌や。悪うない。なんで謝らなあかんのや」

と、鋒国は飛びのいた。

「これ、鋒国」

「良いのだ、月国」

「しかし……」

「あれの言う通りだ。叱ってやるな」

だが、月国は鋒国を睨《にら》んだままだ。

「月国、なぁ、少し休んでくれ。競兵衛、お前も一緒に来い。夕飯用の魚でも獲《と》ってこよう」

そう言うと、忠輝は水桶をひょいと担ぐと駆けだした。

「は、はい」

競兵衛も手近な桶を手に取ると、後を追って駆け出した。

「庇《かば》ってくれるとは優しいお人じゃな」

と、月国は見送り、鋒国を捕まえて、頭をまた一つ、小突いた。

「お帰りになったらちゃんと謝るんやぞ」

「嫌や」

鋒国は月国の手を振りほどくと身を翻《ひるがえ》した。

「おい、待たんかい」

ちょうど裏の畑から戻って来たおつかが吃驚《びっくり》した顔をして、鋒国を呼び止めた。

「あれ、どこへ行くん」

鋒国はおつかの問いを無視して走り始めた。

二

「それでな。要らんていうても、すぐに人の仕事取るねん」

「断ってもか」

「うん。水汲《みずく》みまでする。殿さまのくせして、変やろ」

さっきから、鋒国は忠輝のことばかり話している。せっかく二人でいるのにと、魁は、少し恨めしい気持ちが湧いてくるのを感じていた。

一刻ほど前、里の外れの川辺にぽつんと佇《たたず》んでいる鋒国を見かけた魁は、声をかけた。

「あれ、どないしたんや」

「あ、ううん、別に」

と、鋒国は首を振ったが、いつもの元気がなかった。

「別にって顔、してへんぞ。なぁ、俺今から市に行くんや。一緒に行かへんか」

「うん、行く」

二人して、市に行くのは初めてのことで、嬉《うれ》しくてしようがなかった。

「おっちゃん、この刀、いくらぐらいするんや」

「ほぉ、お若いのにお目が高い。それはやな、京でも指折りの錺《かざり》職人が仕上げたもんで、銀百枚は欲しいとこや」

「そやけど、ここのところが、少しずれてる気がする。ほんまに腕のある職人の仕事か」

粗雑な造りの刀を高く売ろうとする古道具屋を冷やかしてあれこれ文句をつけて困らせたり、団子を買って仲良く分け合いながら食べたりしているうちに、元気がなかった鋒国も笑うようになった。

「……なぁ、今、忠輝さまの刀、打ってるんやろ」

そう問いかけたのがいけなかったのか。

堰《せき》を切ったように、鋒国は忠輝のことを話し始めた。その顔は怒っているようで、何やら楽しげにも思える。魁は聞いているのがだんだん辛《つら》くなってきていた。

「ちょっとええか」

と断って、鋒国は魁の腕と自分の腕を並べた。

「……どないしたんや」

「ううん。やっぱり、か弱いんかなぁ」

と、独り言のように呟《つぶや》く。

忠輝から、そんな風に言われたのだろうか。

「あ、あのな……この前」

滝のところで見かけたと言おうとして、魁は口ごもった。

「何？」

「あ、いや、七夕のとき、助けてくれたのは、忠輝さまやったんか」

「あ、うん……そう」

答えながら、鋒国の耳がほんのりと赤くなった。

魁は見てはいけないものを見た気になった。

不愉快さが押し寄せてくる。

「……なぁ、そろそろ帰った方がええのと違うんか」

本当はもっと一緒にいたいのに、口をついて出たのはそんな言葉だった。

まだ一緒にいたい、そう言ってくれるのを一瞬期待した。しかし、鋒国は素直に頷《うなず》いた。

「そやな。また今度」

「ああ。じゃあな……」

鋒国は愛らしい笑顔を浮かべ、手を振ると、さっと踵《きびす》を返した。

走り去っていく鋒国の姿を見送りながら、魁はやるせなさを感じていた。

魁と同じく、おつかもまた、鋒国の変化に気づいていた。

まず、初めに落ち着きがなくなった。次にぼーっと考え事をしていることが増えた。家事をしていても心ここにあらずで、食べるのも遅くなった。

身なりにも気を遣うようになって、髪も結い上げ方が気に入らないと、何度も直そうとするし、顔もいつもより丹念に洗うようになった。

何よりも、忠輝のことを嫌いだ、邪魔だと言い、極力目を合わさないようにしているくせに、なにげない瞬間に、鋒国の視線の先にいるのは、忠輝なのだ。

おつかが月国と忠輝のことを話していると、聞いていないふりをしつつ、全身が耳になっているのもよくわかった。ほんの小さなことでも知っておきたいのだろう。それらはどう考えても、恋をしている乙女そのものである。

「……けど、あの方だけはあかん」

おつかは思わずそう呟いた。

男装している鋒国を解き放ち、美禰として思いのままに過ごせるようにしてやりたい——それが、母親代わりとして育ててきたおつかの思いであったが、忠輝に恋をすることが彼女の幸せになるとは到底思えなかった。

まず身分が違い過ぎる。それに、忠輝は配流の憂き目に遭った罪人ということもある。この先、罪が許されて元のように国を持つお大名に戻ったとしたら、鋒国は今のように気やすく近づくことも声をかけることも許されないだろう。

このまま配流が続いたとしても、罪人との恋など、どう考えても幸せとは言い難い。いつ処罰されるかもしれない相手と添い遂げることなど不可能だし、傷つき泣くことになるのは女のほうだ。

いや、待て。忠輝は鋒国のことを女とは知らないはず。相手にするとは思えない

——そう思って安心しようともしたが、このところの忠輝は、何かにつけ鋒国を庇《かば》おうとしているのが見て取れる。重いものは代わりに持とうとするし、危ない目に遭わないようにさりげなく、見守っている。

もしかしたら、鋒国が女だと気付いているのかもしれない。

そう思うと、矢も楯《たて》もたまらない気持ちになってきた。

おつかは、鋒国に男装がばれるようなことをしていないか確かめようとしたが、それも藪蛇《やぶへび》になりそうで、訊《き》けずにいた。

とにかく、鋒国が自分の恋心について自覚していない今のうちに芽は摘んでおいた方がよい。

そう考えて、おつかは月国に相談をした。

「なぁ、あにさん、鋒国と介殿のことやねんけど……どう思うてるの？」

「どうって。まぁ、あれな、困ったもんや。言うてきかそうにも、あぁなってしもうたら、どうしようもないし」

「えっ、何かあったの」

既に何か間違いでも起きているのか。慌てたおつかに対して、月国は苦笑いを浮かべこう続けた。

「あいつ、介殿に喰《く》ってかかったようなことしか言わんやろ。絶対目は合わせんし、邪魔や邪魔やって。なんであれほど嫌うんか。邪魔で、仕事に気が入らんみたいやしな」

「はぁ」

やれやれとおつかは頭《かぶり》を振った。

そうか。そうだった。月国は恋心というものに対して、全く無頓着《むとんちゃく》な人だった。

「違うって……」

「違うって、何がや」

「あにさんは、ほんま、そういうことに疎《うと》いというか、何というか……あかんわ」

「あかん……。あかんとは何ごとや」

「そやから」

と、おつかは声を潜めた。

「怒らんときいてくださいよ。ええですか。鋒国は、忠輝さまのことが気になって気になって、それで仕事に気が入らんのですよ」

「そやから、邪魔なんやろ？」

「もうぉ、そやから、邪魔というのはその裏返し。つまりあの子は、忠輝さまのことを好きになってるんですって」

「そんな、あほな」

と、月国は笑い飛ばそうとした。

「笑いごと違いますって。もうぉ、ほんまに思い当たることはないんですか」

おつかが真剣な目で睨《にら》みつけると、月国は笑いかけた口を閉じた。そして、しばらく考えを巡らせていたが、突然「あっ」と声を上げた。

「でしょ」

「けど、あれや。介殿が鋒国のことを相手にするわけが」

「ないとは言い切れませんよ。これから、鋒国は益々《ますます》女らしゅうなるでしょう。男とはやはり違う。いつまで隠し通せるか。そうなったら、どないします。鋒国はまっすぐな子です。忠輝さまにその気があっても無《の》うても、あの子が泣くことになるん違うかと思うて、私は心配で」

「そしたら、どうしたらええんや……」

「そやからそれを相談しとうて。とにかくあのお方だけはあきません」

おつかは今のうちに何か手を打つべきだと、月国に言い続けた。

三

忠輝が姿を見せなくなって、三日が経った。

「これよりは一子相伝にて、ご覧にいれるわけには参りません」

月国がそう言い出したからである。

「さようか。残念だが致し方あるまい」

忠輝があっさりと頷いたのを、鋒国は見ていた。

それでも、鍛冶場《かじば》に入らないだけで、ここには来るのだろうと思っていたのに、あれから三日、忠輝の姿を見ていない。

「ようぉ、小童《こわっぱ》。代わってやろう」

突然、そう言って現れるような気がして、鋒国は水桶《みずおけ》を手にしばらくぼーっと佇《たたず》んでいた。

「何してるの。早《は》よ、行ってきて」

おつかに急《せ》かされて、仕方なく桶を片手に歩き出した。

道々、ひょいと忠輝が現れるような気がして、それとなく辺りを見渡したがいるわけもなく、川で水を汲《く》み上げて戻ってきても、忠輝の姿はなかった。

「暇やって言うてたくせに」

居たら居たで、邪魔だと思うのに、来ないとなるとそれはそれで気になって仕方がない。

今頃、何をしてはるんやろ。御経でも読んでるんやろか。

それとも、何か他に楽しいことでもあるんかな。

もしかして、風邪を引いたとか。怪我したとか……そんなことないか。

出てこようとして、お住職さんに叱られたんやろか。

寺って遠いんかな。

「こら、何、ぼーっとしとるんや」

突然、頭の上に降って来たのは月国の怒鳴り声であった。

「炭や、炭」

「えっ、あ、はい」

鋒国は慌てて炭置き場へと急いだ。

「余計、ぼーっとしとるぞ」

月国に言われるまでもなく、おつかも鋒国の様子を気にしていた。

忠輝の名を出そうとはしない。だが、来ないことを気にかけているのは明らかだ。

昨夜は食が進まない様子で、茶碗《ちゃわん》を手に小さくため息をついていた。

ここのところ、忠輝や競兵衛がいて食事も賑《にぎ》やかだったが、いつもの三人に戻ってしまうと、寂しい気がするのは、おつかも同じであった。

それにしても、鋒国は極端に暗い顔をしている。

「どうしはったんかな」

ぽつりと呟《つぶや》いたと思ったら、外で物音がすると、慌てて出て行こうとする。

さっきも仕事を終えたら、ふらりと外へ出て行こうとした。

「じき、暗くなるよ。ご飯やし」

「わかってる。すぐ帰る」

独りになりたいのだろうと、おつかは、鋒国の好きにさせたのだ。

「しばらく放っておくしかないでしょう」

と、おつかは答えた。

「それよりも、あにさん、あにさんの方こそ、どこか具合が悪いんと違うんですか。お父さんもよう胸が痛いって言うてたでしょ？」

おつかと月国、二人の父である矩国も胸の痛みを訴えて、死んでいった。この前、倒れたときに思い出したのは、その時のことだった。

「そうやったかいな」

と、月国はすっとぼけたが、その様子もどこか怪しい。

月国が、父の矩国が死んだ歳に近づいているのは事実だ。

「あんまり無理せんといてくださいよ。鋒国はまだまだ半人前やねんし。あにさんだけが頼りやねんから」

「あぁ、わかってる」

そんな会話をしているところへ、魁が姿を見せた。

「いらっしゃいますか」

「おぉ、なんや」

「これ、お裾分《すそわ》けにと」

と、魁は提げてきた酒徳利をおつかに渡した。

「いやぁ、ありがとう。あにさん、ええもん、戴《いただ》きましたよ」

「おお、すまんな」

「それに、次の仕事のことで、ご相談が……」

と、魁は奥を気にしている。

「ああ、鋒国やったら、ちょっと出てるんよ」

と、おつかは問われる前に答えた。

「いえ、あのぉ、松平さまは」

「介殿やったら、いらしてない」

と、答えたのは月国だった。

「そうなんですか」

「あぁ、介殿にも用事やったんか」

「ええ、まぁ、拵《こしら》えのご希望もきちんと訊《き》いてこいとは言われてたんですが」

確かに忠輝の刀なのだから、好みは訊いておいた方がよいのだろう。

「それやったら、承知している。酒もあることやし、母家で話そう」

「そやったら、お膳《ぜん》、用意するから、たまには、ゆっくりしてって」

と、おつかは張り切った声を出した。

一人でも客がいるのは大歓迎だ。

「ほな、遠慮のう頂戴《ちょうだい》します」

と、魁は如才なく笑顔を浮かべた。

その頃、鋒国はひとり、父母の墓のある丘にいた。

夕焼けに染まる里の様子を眺めていると、以前、忠輝の笛を聴いた夜のことが思い出された。

不思議に美しい音色だった。

あれは何という調べなのだろう。

もう一度聴いてみたい――そう思っていると、自然、鋒国の足はあの夜、忠輝がいた川のほとりへと向かっていた。

川に降りても、やはり人影はない。

なるべく平たい小石を拾って、水面に向かって投げてみた。ぴょん、ぴょんと三回ほど跳ねて石は川面《かわも》を渡っていく。

調子はあまり良くない。上手《うま》くいくときには、五回は跳ねるのに……。

そう思って一つため息をついたときだった。

横から、別の小石が勢いよく飛び出してきて、川面をまるで走るように数えきれないほど何度も跳ねて行った。

「えっ……」

思わず、小石が投げられた方向を見ると、そこにいたのは忠輝だった。

「介さま……」

「よ、小童《こわっぱ》。元気だったか」

相変わらずの笑顔だ。

「どうだ、あれから」

あれからと問われると、また滝での出来事が思い出された。

「えっ……」

「えってはない。月国の様子はどうだ？　変わりはないか」

「あ、あぁ。はい……」

「そうか、ならばよい。この薬を渡そうと思ってきたのだが、ちょうどよい、お前に預けておこう」

そう言うと、忠輝は懐から布袋を取り出し、鋒国に渡した。

「煎《せん》じて飲むように言ってくれ」

「……あ、あの、家にはお寄りにならないので？」

「今日はやめておこう。邪魔になってはいけないだろうし。しばらくは来るなと言われたしな」

「来るなというわけではないかと」

「一子相伝の技を伝授すると言うていたぞ。そなたに」

と、忠輝は茶目っ気のある顔で笑う。思わず目が合って、鋒国は慌てて目を伏せた。

「なぁ、一つ、訊いてよいか」

「は、はい……」

鋒国が頷《うなず》くと、忠輝は河原に腰を下ろし、鋒国にも隣に座るように手で合図してきた。鋒国は遠慮しつつ、隣に並ぶように腰を下ろした。

「そなた、いつから、男の恰好《かっこう》をするようになったのだ？」

ずばり、そう訊かれて、鋒国は思わず絶句した。

「そ、それは……」

「怒るなよ。また、嫌いじゃと言われてはかなわぬ。な、いつからなのだ」

忠輝はなぜか心配そうな顔をして、鋒国の答えを待っている。

「……物心ついた時には」

「男として育てられたということか」

忠輝の問いに、鋒国は小さく頷いた。

「……刀鍛冶《かたなかじ》は男でないとあかんので。そやから、このことは誰にも言わんといてください」

「そなたがそれで良いというのなら、そうしよう。しかし……」

と、忠輝は鋒国を覗《のぞ》き込んだ。

「己の道は己自身で決めてよいのだぞ」

「……己の道……」

「そうだ。己の道。男として刀工を継ぎたいと心から思うのかということだ」

そんなことを言われたのは初めてであった。今まで考えたこともない。

「そなた、いくつになった？」

「十六、です」

「武家でいえば元服している歳だな」

忠輝はそう呟《つぶや》き、さらにこう続けた。

「ちょうどその頃だな、私はある者からこんなことを言われた。殿さまは生まれながらに殿さまとお思いかと」

忠輝は記憶を呼び起こすかのように、遠い目をしている。

「そのようなことを言われたのは初めてでな。今のお前のように私もびっくりした」

と、忠輝は鋒国を見て微笑んだ。

「人は生まれながらになるものが決められている。そう思って生きていたからな。だが、その者が言うにはな、人はみな等しく、生まれた時には何者でもないと。何者になるかは己が決めて、それに向かって精進するものだと」

「己が決めて精進する……」

鋒国は思わず復唱していた。

「私はそう言われて、無性に腹が立った。殿さまと呼ばれて祭り上げられ、何も考えておらぬ愚か者だと言われた気がしてな。しかし、その者が言いたかったのはそういうことではなかったのだと今は思う」

そう言ってから、忠輝は苦笑いを浮かべた。

「……介さまが生まれながらの殿さまでないとしたら、何になるのですか」

「さぁ、何であろう。何になれば良かったのだろうな」

と、忠輝はぽつんと、寂しげに呟いた。

「ただ、思うのは、私が徳川の家に生まれていなければ、もっと違う生き方があったのだろうということだけだ」

忠輝はさらに遠くへ目をやった。叶《かな》えたいことがあったのだと言っているように、鋒国には思えた。

「……それで、介さまは己の道を歩めとおっしゃるのですか」

鋒国が尋ねると、忠輝は少し困った顔になった。

「そうか。自分が出来なかったことをお前にはしろと言っているようだな。勝手な言い草だな」

「いえ、そうではなく……介さまも違う生き方をしたいのであれば、今からなされればいいのにと、そう……」

鋒国がそう恐る恐る答えると、忠輝は少し真顔になり、やがてまた笑顔になった。

「そうか……。確かにそうだ。今からでも遅うはないか」

忠輝の笑顔が嬉《うれ》しくて、鋒国は「はい」と微笑んだ。

「そうするか。この忠輝、己の道は己自身で見つけよう。そなたも出来ればそうして欲しいがな」

そう言われても、鋒国には即答できなかった。やはり想像がつかない。

刀鍛冶以外に、いったいどういう道があるというのだろうか――。

「なぜ、そのようなことを……」

おっしゃるのかと問いたくて、鋒国は忠輝を見た。

「なぜかなぁ……そなたを見ていると言いたくなった」

と、忠輝は言ってから、こう問いかけてきた。

「そなた、元の名は何という？」

「美禰……美しいに禰宜《ねぎ》の禰と書いて、美禰です」

鋒国が答えると、忠輝は頷いてから、優しい笑顔を浮かべた。

「なるほど。そなたに似つかわしい名だな」

「……そうでしょうか」

「ああ、鋒国の勇ましさよりも、美禰の愛らしさの方がそなたには似つかわしい」

「えっ……」

また、愛らしいと言われた。そう思ったとたん、胸がきゅっと痛くなり、鼓動が速くなるのがわかった。顔も火照ってきた。

どうしよう、恥ずかしくてしょうがない——。

そんな鋒国の様子には全くお構いなしに、忠輝は腰を上げた。

「じゃあな。月国によろしく伝えておいてくれ。薬は忘れず飲むようにとな」

「は、はい……ありがとう存じます」

鋒国が礼を口にすると、忠輝はふっと笑みを漏らした。

「小童《こわっぱ》、いや美禰、気を付けて帰れよ。また来る」

言うなり、忠輝はまた風のように去ってしまった。

他人に、それも男の人に美禰と呼ばれたのは初めてだ。

「……また、来る……」

またっていつなんだろう——。

鋒国は忠輝が去った方を見つめていた。

四

「えらい遅かったやないか」

月国の家を辞して、戻った魁は、父の甚右衛門からそう声をかけられた。

「すみません、つい話が長引いて……」

と、魁は謝ってみせたが、甚右衛門は格別怒っているようではない。それどころか、かなり機嫌がよさそうだ。

「少しお前に話があってな」

「お前の帰りを待ちかねてはったんやで」

と、母のお栄《えい》も横から口を挟む。母も何やら嬉しそうだ。

「何でしょう？」

「うむ。まぁ、ええ話や」

いい話と聞いても、魁の心は弾まなかった。それどころか、すぐにでも自室に引っ込み、布団を被《かぶ》りたい気分であった。

月国との仕事の話は早々に終わった。その後、月国の酒に付き合いつつ、鋒国の戻って来るのを待っていた。しばらくして鋒国は戻って来たのだが、その様子がどうにも奇妙であった。

まず、「どないしたん？　熱でもあるんか」と、おつかが心配そうな声を上げるほど、鋒国の頬は紅潮していた。

「ううん、別に……あ、そうや。これ、介さまがじじさまに飲ませろって」

と、手に持っていた薬袋を差し出す。

「ひやぁ、忠輝さまいらしてたんか」

「うん」と頷《うなず》いた鋒国の表情は、これまで魁が見たことのない恥じらいを浮かべている。

「今日は寄らずに帰るって……」

まるで夢見心地のような声を上げると、鋒国はそのまま自室に引っ込んでしまった。魁がいるのも目に入らなかったようだ。

それで、魁は居たたまれなくなり、早々に月国の家を辞したのである。

話があると言われ、致し方なく、魁は父母の前に正座をした。

「……ええ話といいますと」

「お前の縁談や」

甚右衛門は意外なことを口にした。

「縁談……」

「驚くのも無理はない。まだ少し早いかとも思うが、こういうことは遅いよりは早いほうがええしな。わしはええ話や思うてる。なんせ、お相手はお前にぞっこんやそうやし、奈良屋もようようここまで来たということや」

「ええ、それに魁のことを大事に思うてくれるお人やったら、言うことありません」

いったい誰のことを言っているのか――困惑している魁をよそに、父と母は話し続けている。

「まぁ、あのお嬢さんやったら、しっかりもしてはるしな。まぁ、ちょっと気はきついかもしれんけど、この奈良屋を引っ張っていくにはそれぐらいの方がええし」

と、母のお栄もまんざらでもないという顔だ。

お栄もこの辺りでは大変なしっかり者で通っている。

奈良屋が扱うのは刀細工だけではない。神社仏閣の宝物をはじめ、武具や馬具、船や建物の装飾など、細工職人が絡む仕事は多岐にわたる。月国ほどでないにせよ、職人というのは気難しく人付き合いが悪い者が多い。商才のある甚右衛門は職人の代わりに発注や打ち合わせ一切を請け負い、商売を広げていた。住み込みで働いている職人も多く、お栄は彼らの面倒をみるという大事な役割も担っていた。

「ちょっと、いったいそのお話は……」

どこからの話なのか。相手は誰なのか、確かめようとした魁に、父は「そうや、それが大事やった」と笑いながら、頭を掻《か》いた。

「七尾の、お庄屋《しょうや》さまのとこのお小夜さまや。あちらさまから内々にお話があってな。まぁ、すぐに祝言挙げんでも、とりあえず約束だけでもしとこうかと」

父は庄屋から話を持ち込まれたことが自慢でならないという顔をしている。

「ちょっ、ちょっと待ってください」

思わず、魁は父を遮った。

「まさか、受けてしもうたんと違いますよね」

「受けたらまずいことでもあるの？」

母の問いに、魁は大きく頷いた。

「ああ、ある。大ありや」

「おい、なんで大ありなんや。まさか、気に入らんとでも言う気やないやろな。お庄屋のお嬢さまのどこがあかんのや」

「いや、小夜さまがあかんと言うわけでは……」

魁は口ごもった。どう話せばいいというのだろう。

「まさか、他の女がおるんか。おい、お栄、お前知ってるんか」

「ううん、まさか」

父に叱られ、母はおろおろとした顔で問いかけてきた。

「なぁ、魁、お前、そういうお人がおるの？　まさか、将来、誓い合ってるお人がいてるとか……」

「いや、そうではない。そうではないけど……」

魁自身、どう答えてよいものか簡単に答えは出なかった。将来の約束はおろか、鋒国に自分の気持ちを告げたことすらない。それに、今ここで、鋒国の名を出しても、女だと知らない父母は混乱するばかりだ。だいたい女だとばらしてよいものなのか、判断がつかない。

「と、ともかく、この話は断ってください。頼みます」

「おい、待たんかい……魁」

そう告げるだけ告げると、父が止めるのも聞かず、魁は座を立ったのだった。


その日からしばらくして、魁は父・甚右衛門のお供で伊勢に行くことになった。九鬼家や周辺の寺社、そして豪商など、得意先への御用聞きをするために、父は月に一度は必ず伊勢に行く。近頃はそれに魁も同行することが増えていた。

あれから、父も母も縁談については何も話そうとしない。きちんと断ってくれたのならよいのだが、仕事は普通にこなしているので、様子を見計らっているのかもしれなかった。だが、どうなったかと尋ねると藪蛇《やぶへび》になりそうで、魁もだんまりを決め込んでいた。


いつも通りにいくつかの得意先を回り、夜になった。

「よう頑張ったな。今日は終わりにしよう」

父の声が急に元気になった。これから馴染《なじ》みの女のもとに向かう気なのだ。

錺《かざり》の仕事に対しては手を抜くことがなくいつも真摯《しんし》な態度で、魁の目から見ても誇りに思える父だが、実は酒と女にだらしがない。しかも、女遊びも仕事のうちと父は豪語している。そんな父に母は何も言う気はないようで、割り切った良い女房だと周囲からは言われている。だが、そんな母が「どんな女なんやろ」とぽつんと呟《つぶや》いたときのことを、魁は忘れられずにいる。そういうときの母は寂しそうで悲しそうで痛々しかった。

「お前もそろそろ呑《の》めた方がええ」

父はそう言って、酒を飲まそうとしたが、魁は酒席が苦手であった。

酒そのものが嫌いなわけではない。酔っぱらって女と戯れている父の姿が嫌で嫌で仕方ないのだ。

「若旦那《わかだんな》のお好みはどんな子ですの？　男前やし、誰でも喜んで来ますよ」

白粉《おしろい》をべっとり塗った女が、高く結い上げた髪に手をやりながら訊《き》いてきた。

「おいおい、こいつ俺より男前か」

「いややわぁ、甚さんの息子さんやからでしょ」

女に愛想を言われて、父は目を細め、嬉《うれ》しそうに笑っている。

「……明日《あした》早いですし、そろそろ」

失礼したいと魁は父に願い出た。明日は金剛證寺に行く予定だ。

「あぁ、そうやったなぁ」

と、父は嫌そうな声を出す。ここからだと、若い魁でも少々きつい山道を登らなくてはならない。近頃腹が出てきた父には苦行に思えるのだろう。

すかさず、魁は「私一人でもよければ」と伺いを立てた。

「おとっつぁんはお疲れでしょうし」

「いや、それはやなぁ」

と、父は迷った顔をしてみせつつも、手はしな垂れかかる女の腰をさすっている。

「いややわ、もう」

女は嫌がってもいないのにそう言って、父をぶつ真似をしてみせる。

父の俗物ぶりをこれ以上見たくなく、魁は目を伏せた。

「……ゆっくりしとってもらったら、ええですから」

「そうか。ほな、そうさせてもらおうか。お前もそろそろ独り立ちせんとな」

「はい」

神妙な顔で答えてから、魁は酒の席を離れた。

廊下に出て歩き出した後ろで、父が女と戯れる声がした。

「……あいつ、もしかしたら、女嫌いかもしれん」

「そんなぁ、甚さんの子やのに。まさかぁ」

女の嬌声《きょうせい》が、魁の苛立《いらだ》ちを強めていた。


翌日、魁は父に申し出たとおり、一人で金剛證寺に向かった。

今回の伊勢行きで、魁にはどうしても会っておきたい人がいた。

松平忠輝である。

むろん、忠輝が預けられている金剛證寺に行ったところで、会えると決まったわけではなかった。それに、会ってどうしたいのか。自分でもよくわからない。ただ、鋒国の様子を見るにつけ、会って話をしたいという衝動が沸き上がってくるのを抑えきれずにいる。だから、父が渋った顔を見て、一人でも行くと申し出たのだ。

父の代理として修繕担当の僧と会い、打ち合わせを終えると、有慶が姿を見せた。

「おぉ、今日はお独りかの」

「はい」

有慶はいつ見ても穏やかな笑顔の持ち主だ。魁は思い切って、忠輝に会いたいとお伺いを立てた。

「松平さまに？」

「はい。守刀をお造りしておりまして……そのことで少し」

「ほう、守刀を」

「お会いできましょうか」

「ええ。今時分なら、庫裡《くり》裏でしょうから」

と、有慶は立ち上がった。

庫裡といえば、台所のことだ。流人とはいえ、徳川家の六男である忠輝がそんな場所でいったい何をしているというのだろう。

そう思いながら、魁は有慶についていった。

「ほれ、あそこにおられる」

有慶の指さす先に、薪割《まきわ》りをしている修行僧たちがいた。みな作務衣《さむえ》姿だが、その中にひとり、坊主頭でない者がいる。それが忠輝であった。忠輝は暑いのか、作務衣を上半身だけ脱いでいる。筋肉のついた見事な体軀《たいく》だ。

忠輝は何やら僧たちに語りかけ、僧たちは楽しそうに笑い声をあげている。

先に立った有慶は忠輝へ声をかけた。

「ご精が出ますな」

振り返った忠輝は、額に汗を浮かべているが、その顔は清々《すがすが》しいばかりの笑顔だ。

「少しは役に立たねばならぬからな」

「もう十分にございますよ。少し一服なさいませ」

と、有慶は微笑み、魁へと目をやった。

「この者が少しお話ししたいと申しているのです。奈良屋の者でございます」

「奈良屋？　何用であろう」

忠輝は汗を拭《ふ》きながら、魁を見た。きりりとした男らしい眉《まゆ》をしているが、目じりには人懐っこい皺《しわ》がある。

魁は小さく会釈をしてから、名乗った。

「奈良屋の魁と申します。月国さまから殿さまの刀の拵《こしら》えを頼まれております」

「おお、そうか。世話になる。細工のことであれば月国に概《おおむ》ね言うてあるが」

「はい。伺ってはおりますが、折り入ってお話ししたいことが……」

何と切り出してよいのか、迷いつつそう答えると、忠輝はにっこりと微笑んだ。

「まぁ、よい。客は大歓迎だ。有慶どの、本堂をお借りしてもよろしいか」

「どうぞ、ご自由に」

忠輝は、有慶にそう断ってから、「こっちだ」と、魁を先導するように前に立った。背は魁と同じくらいか。だが、肩幅は見るからに大きく、胸板の厚みもしなやかに伸びた脛《すね》も男の目から見ても惚《ほ》れ惚《ぼ》れするほど美しい。

魁は気後れしてしまう自分を鼓舞するように歩みを速めた。

忠輝は、本堂前の石段に腰を下ろすと、魁に向かって微笑んだ。

「私はここから見る池の様子が好きでな。で、話とは何だ」

「は、はい……」

魁は、忠輝の前にがばっと手をつき、平伏した。

「おいおい、楽にせよ。何か込み入った話か」

「……お願いがございます」

「何であろう。よいから手を上げろ。それでは話ができぬ」

忠輝に促されて、魁は顔を上げた。

「いいから、ここへ座れ」

と、忠輝は魁を自分の横に座らせようとしたが、魁は忠輝の前に膝《ひざ》をついたままでいた。

「何を怖い顔をしている。黙っていてはわからんぞ。言うてみよ」

「えっ……」

怖い顔をしている——指摘されて初めて気が付いた。確かに思いっきり肩に力が入っている。

「さぁ」

と、忠輝に促されて、魁は思い切って口を開いた。

「……鋒国のことにございます」

言ってしまうと心が決まった。

「鋒国……ああ、月国のところの小童《こわっぱ》か。鋒国がどうかしたか」

「鋒国をからかわず、そっとしておいてやって欲しいのです」

魁は一気にそう申し立てた。

「私が、あの者をからかっていると？　あの者がそう申したのか」

「いえ」

「では、鋒国に言われて来たのではないということか」

「はい」

「ようわからんが、……そちはあの者の何なのだ」

「……た、ただの幼馴染《おさななじみ》にございます。けれど、幼い頃からよう知った仲です」

魁が話すのを、忠輝はただじっと静かに見つめている。

「他の者が知らぬことも知っております。つまり、その……お、女であることも承知しております。……この秘密、殿さまはお知りになったはず」

最後は、知らないとは言わせないぞと力を込めた。が、忠輝はその答えを聞くや悪戯《いたずら》っぽい目になった。

「おいお前、それでは滝で覗《のぞ》き見をしていたのか。不届きな奴め」

「ち、違います。そういうことではのうて。女であるのを知ったのはずっとずっと昔のことで、それも、私は誰にも言わず……別に覗いていたわけではなく、ただ、たまたま、たまたまあの場で」

おろおろと言い訳めいたことばかりが口から出てしまう。忠輝はおかしそうに笑い出し、笑われたことで、魁は益々《ますます》焦った。

「よい、よい。そう焦るな。ちょっとからかっただけじゃ。……あ、そうか。こういうことが良くないと、お前は言いたいのだな」

「……そう、そうです」

「なるほど。しかし、私は小童をからかったつもりはないがな」

と、忠輝は首をかしげた。まるで覚えがないという顔である。

「仕事を代わろうとなさると」

「あぁ、水を汲《く》むのは重たいと思うてな」

「……か弱いと、そうおっしゃったのでは」

「か弱い……おぉ、それなら言うた。だが、それがからかうことになるか。あれは娘だ。それもか弱く愛らしい。守るべき者であろう。違うか」

「あ、愛らしい……」

忠輝の口から「愛らしい。守るべき者」という言葉が発せられたことに、魁は驚いた。

「何を驚いている。お前もそう思うたからここに来たのであろうに。心配せずとも、私はからかってはおらぬ」

「い、いえ、そういうことでは」

「何が違う」

忠輝に問われて、魁はこの思いをどう口にしたらよいのか、迷った。

「……ともかく、そっとしておいて欲しいのです」

魁の眼差《まなざ》しを忠輝は真っ直ぐに受け止めていたが、やがて小さく微笑んだ。

「そうか、お前は私があの者に近づくのが嫌なのだな」

「えっ……」

「心配せずともよい。守ってやりたいとは思うが、そこまでだ。あの者は野に咲く花。摘むのは私ではない」

忠輝はそう言って、優しく魁の肩に手を置いた。

「自分の思いはまっすぐに伝えるがよいぞ。言わぬ後悔はせぬに限るからな」


山道を下りながら、魁は忠輝と交わした会話を思い返していた。

ともかく、鋒国に自分の気持ちをぶつけないことには話は始まらない——そう諭されてしまった気がする。だが、嫌な感じは全くなかった。

覗き見したとからかわれたことも含めて、妙に楽しいひと時だった。

不思議なお人だと、魁は思った。自分のような身分も低く年下の、しかも初めて会った男の話にきちんと耳を傾け、まともに受け止めてくれた人がいただろうか。

信じられる大人というものに初めて会った気がする。

「もう一度お会いして、もっと色々な話をしてみたいものだ……」

思わずそう呟《つぶや》いて、魁ははっと気づいた。

そうか、あのお人だから鋒国は心惹《こころひ》かれているのだ——。

しかし、忠輝を認めたくない。それも本心だ。

負けるものか——そんな気持ちが沸き上がって来た。

魁は立ち止まり、金剛證寺の方角を一度振り返ってから、思いを込めて一つ頷《うなず》き、また歩き出した。

その姿を見つめる黒い影があることなど、そのときの魁は全く気付いていなかった。

五

「なんやの、これは。針目が揃ってない。もっとちゃんと仕立て直して」

「小夜は大声で下女に衣を投げつけた。

腹が立って仕方ない。

本当は「なぜ返事がまだ来ないのか」と、怒鳴りたいのだ。

奈良屋から返事が来ないことを下働きの女に当たっても仕方ないことだとわかっていても、苛立《いらだ》ちは募るばかりだ。

この私が嫁いでやると言っているのに、なぜすぐに返事を寄越《よこ》さないのか。

せめて、魁は何か言ってきてくれても良いはずだ。顔すら見せないというのはどういうことか。

父と母にも当然嚙みついた。

「ええようにしたるから、もう少し待ちなさい」

「せっつくのはようない。じき返事がきますって」

父母が鷹揚に構えているのが、余計に腹立たしい。だが、小夜の機嫌の悪さに慣れっこになっている父母はこんなことを口にした。

「信心が足らんのと違う？　氏神さまにお参りでもしてきたら」

「そやな。縁結び、願って来い」

「なんで私が神頼みせなあかんのよ」

小夜はふくれっ面で答えた。


その日、魁は月国の家を訪ねていた。

「今日は何？」

炊事場にいたおつかに、魁は少し話がしたいのだと切り出した。

「あにさんも鋒国もまだ」

と、おつかは鍛冶場《かじば》に目をやった。鍛冶場からは槌《つち》を打つ音が響いている。

「いえ、おつかさんに折り入って」

「えぇ、私に……。何やろ」

と、嬉《うれ》しそうに応じたおつかだったが、魁の真剣な表情に笑みを引っ込めた。

「……えっ、何、怖い話？」

「そういうわけでは。……鋒国のことです」

「何やろ」

魁は鍛冶場へ一度目をやってから、おつかに問いかけた。

「鋒国が女に戻ることはできんのでしょうか」

「あ、あんた……」

おつかは驚いて言葉が出ない。魁はそのまま続けた。

「知ってました。もう随分前から。秘密なんは重々承知してます。けど、俺は……俺は鋒国を嫁に欲しいんです」

「え……あんたが、嫁に？　あの子を……ひやぁ、どないしょ」

「どうなんですか。あかんのですか」

魁の問いにおつかはびゅんびゅんと首を振った。

「ううん。ええに決まってる。ほんまにあの子でええの」

「鋒国がいいんです」

と、真剣に答える魁を見て、おつかの顔に笑みが戻った。

「そう……そうなん」

おつかは嬉しそうに何度も頷いた。

「そうなったら、嬉しい。うちも肩の荷をおろせる」

「ほな、ええんですね」

「ええ、もちろんや。ありがとう」

「いえ、礼を言うのはこっちの方で」

と、魁は応《こた》えてから、もう一度問いかけた。

「……で、女として暮らしていくわけにはいかんのでしょうか」

「あぁ、それなぁ……」

鍛冶場からは槌を打つ音が響き続いている。

「あにさんが何というか、わからんけど。私は端《はな》から、美禰が男として生きるんは反対やった。あの子には女らしゅうに過ごさせてやりたい。ずーっとそう思ってきたんや」

「俺もそう思ってます」

「ありがとう。けど、どうしてもって押し切られてここまで来てしもうて……あとはあの子の考え次第。あにさんが何と言おうが、女に戻る。嫁になりたいと思うのやったら、私はどんなことをしても叶《かな》えてやりたいと思う。で、あの子は何て言うてるの？　あんたの嫁になるって？」

「それが……」

と、魁は困った顔になった。

「何やの。まだ言うてないんかいな」

「は、はい。まずはおつかさんのお考えをと」

「まぁまぁそれは。けど、先《ま》ずはちゃんとあの子の気持ちを確かめんと」

と、おつかは魁の手を取った。

「応援するから、頼みます」

「はい」

と、魁は大きく頷いた。

「疲れた……今日はこの辺りにしとこう」

午後になると月国は、仕事を早めに切り上げた。

炎の前で刀を打ち続けるのは、若い鋒国であっても辛《つら》い。ましてや暑い盛りだ。早めに終えてもらうのはありがたいことではあったが、これまでそんな弱音を吐く月国を見たことがなかった鋒国は不安にかられた。

「なぁ、じじさまは、やっぱりどこか悪いんと違うの」

月国に問いかけても一蹴《いっしゅう》されるに決まっているので、代わりにおつかにそう問いかけた。

「まぁ、歳も歳やからなぁ」

と、おつかは吐息交じりに答えたが、

「それよりもちょっと、奈良屋さんまでお使いしてくれるか」

と、文を手渡された。

「魁に渡して欲しいんや。急ぎや」

「うん、ええけど」

鋒国が応じて出て行こうとすると、おつかは慌てて呼び止めた。

「あかん、あかん、その顔、ちゃんと洗っていくのや。それと髪もきちんとな」

「急ぎなんやろ」

「急ぎでも何でも、里へ行くんやから、ちゃんとせな」

おかしなことを言うと思いながらも、鋒国はおつかに世話を焼かれる自分を少し楽しんでいた。

奈良屋に行くと、待ち構えていたように魁が出てきて、すぐに「ちょっと来て」と、そのまま連れ出された。

「……ほんまはな、おつかさんに頼んだんや。お前に会いたくて」

「え？　どういうこと？」

「ええから、ええから一緒にお参りしよう」

と、魁は鋒国を神社へいざなった。

拝殿の前で鈴を鳴らし、深くお辞儀をしてから手を叩く。

魁が目を閉じて願い事を始めたので、鋒国も同じく手を合わせて目を閉じた。

どうか、じじさまの具合が早《はよ》う、良くなりますように。介さまの刀が上手《うま》くできますように……。

心の中でそう願って、目を開けると、魁が横からじっとこちらを見ていた。

「な、何、……なんかついてるか」

「いや……あ、あのな。ここで言いたかったんや」

魁はこれまでに見たことのないような思いつめた顔をしている。

「何をや」

魁は答えず、鋒国へ一歩近づいた。

「どないしたん」

鋒国の問いには答えず、魁はぎゅっと唇を嚙《か》み締めた。

「なぁ、魁、今日はなんか変やで」

魁はじわじわと鋒国へと顔を近づけてくる。鋒国は身体を後ろに引いた。

「言いたいことって何や」

と、そう言った刹那《せつな》、魁の手が鋒国の肩に伸びた。

「ちょっ、ちょっと……何するんや」

鋒国は身をよじったが、魁に強く抱きしめられてしまった。

「好きや。ずっと前から好きやった」

「えっ……」

「好きなんや」

甘酸っぱい汗の匂いがする。

頭が真っ白になりそうになったが、鋒国は必死にもがいた。

「や、やめろ……放せ。い、痛いっ」

鋒国が悲鳴を上げたので、魁の手が緩んだ。鋒国は魁を突き飛ばした。

「変やで、魁」

「ご、ごめん……けど、わかって欲しい」

魁は泣きそうな顔をしている。

「……好きなんや。頼む。俺のとこに嫁に来てくれ」

「よ、嫁……な、なにをアホな冗談」

鋒国はやめて欲しいとばかりに首を振った。

「冗談やない。本気や」

「本気って、嘘や」

「嘘やない。……俺のこと嫌いか」

「そういうことやのうて、俺は」

「俺なんて言うな。お前は女や。知ってるんや」

また抱きしめようとするのか、魁が迫って来る。鋒国は後ずさりした。

「何で今さら……」

「今やからや。俺はずっとお前のことを」

と、その時であった。

「どういうこと」

いきなり拝殿の陰から声がした。声の方を向くと出てきたのは小夜だった。

「なぁ、どういうこと」

小夜は怖い顔で、魁と鋒国を交互に見た。

「これはそのぉ……こいつが変な冗談を」

鋒国が取り繕おうとしたが、魁は首を振った。

「違うって言うてるやろ。冗談やない」

「魁……やめて」

「冗談やないって、どういうこと。こいつが男やのうて、女やいうこと？　それとも嫁に来いって言うたこと？」

小夜の手は怒りのためか、ぶるぶると震えている。

「縁組に返事をせぇへんのは、こういうこと」

「ああ、そうや。俺が嫁に欲しいのは鋒国なんや」

小夜の目がひときわ大きく見開かれた。

「ちょっと待って」

鋒国が声をかけた途端、小夜はその大きな目で鋒国を睨《にら》みつけてきた。

「なぁ、あんたもそういう気持ちやいうこと？」

「俺はそんなん……」

「嘘つきっ」

小夜の叫びと同時に、鋒国の頰に激しい痛みが走った。

小夜が平手打ちしたのだ。

「やめろ」

魁が慌てて、小夜の手を押さえた。

「痛っ」

と、小夜は魁をきっと睨みつけた。

「頼む、叩《たた》かんと約束してくれ」

魁はそう頼んだが、小夜は怒りを抑えようともしない。

「嘘つきに嘘って言うて、何が悪いんよ。男の振りして嫌らしい。鈴ちゃんとうちのこと、笑《わろ》うてたんよ」

「違う。笑ってない」

と、鋒国は首を振った。小夜は再び鋒国を睨んだ。

「ほな、何であのとき、ほんまのこと、言わへんかったの」

「それは……」

鋒国が答えられずにいると、魁が代わりに答えた。

「言えんことなんや。鋒国は何も悪うない」

小夜は悔しそうに魁を睨んだ。

「頼む。鋒国を責めんとってくれ。小さい頃から、そうするしかなかったんや、こいつは」

小夜は魁を見つめ、「ええから、放して」と命じた。

「ごめん……」

と、魁は小夜の手を放した。それから、深々と頭を下げた。

「小夜さん、頼む。今聞いたこと、誰にも言わんとってくれ」

「お願いします」

と、鋒国も魁にならって、慌てて頭を下げた。

「ふ～ん」

小夜は痛そうに手首をさすりながら、魁と鋒国を交互に見た。

「黙っててほしいのは、男の振りしてるってこと？　それとも魁がこの子のことを好きやと言うたこと？」

「どっちも。どっちも黙ってて欲しい。お願い」

と、鋒国は小夜に手を合わせた。

「ふーん、どっちもねぇ」

「頼む、何でもする。そやから」

と、魁も小夜に告げた。

小夜は即答せず、少し考えるふりをしていたが、やがて、鋒国に目をやった。

「わかった。あんたは帰り」

「えっ」

「あとはうちと魁が話すから、あんたは早《はよ》うお帰り」

まるで邪魔者だと言わんばかりに、小夜は鋒国を追い立てた。

「でも……」

鋒国は困惑して魁を見たが、魁もそのほうがよいとばかりに頷《うなず》いている。

「……わかりました。ほな」

鋒国は踵《きびす》を返した。

走り去っていく鋒国を見送ると、小夜は魁に向き直った。

「黙っててあげてもええけど……」

「ほんまか」

「うん。……何でもするって言うたよね」

そう言って、小夜は艶然《えんぜん》と微笑んだ。

六

「嘘や、あんなん嘘や、嘘に決まってる……」

家への帰り道をとぼとぼと歩きながら、鋒国はそう呟《つぶや》いた。

魁に抱きしめられたこと、好きだと言われたこと、嫁に欲しいと言われたこと……全てが嘘であって欲しかった。

でもそれは嘘ではない。ついさっき起きてしまったことだ。そして、小夜に見られてしまったことも――。

「どうしよう、どうしたらええんや……」

鋒国は頭を抱えてその場にしゃがみ込んだ。

このまま帰る気がしない。だが帰らないわけにもいかない。

大きくため息をついて、鋒国は立ち上がり、また歩き始めた。

家の手前の竹林まで帰って来ると、おつかが立っていた。

鋒国の帰りを心配して出てきたのだろうか。それにしては鋒国がすぐ前に来ても、ぼーっと焦点の定まらない様子だ。

「おつかさん、どないかしたん」

「えっ……ああ、今、旅のお坊さまに道訊《き》かれて……あれ、お坊さまは」

「会わんかったけど……」

「そう……。ああ、お帰り。で、会えた？」

おつかはいつものしゃきっとした表情に戻ると、魁と会えたかと尋ねてきた。

「会《お》うたけど……」

おつかはちらりと母家の方を気にする素振りをみせてから、顔を鋒国に近づけた。

どうやら月国には聞かれたくないようだ。

「で、どうやった。話、あったんやろ？　返事はしたんか。何て返事したの」

おつかは小声で矢継ぎ早に訊いてくる。心配しているのはわかったが、何も答えたくなかった。それどころか、魁と一緒になって、自分を困らせている。そんな気にすらなってきた。

「やめて。返事なんかしてない。できるわけない」

と、思わず、鋒国はおつかを睨んでいた。

おつかは鋒国を切なそうに見た。可哀そうでならないという顔だ。

「なぁ、女に戻りたいんやったら、私からあにさんに言う。そやからあんたは自分の思うように、したいようにしたらええんやから」

「そやから言うて、なんで魁とくっ付けようとするんや」

「なんでって……ええ子やない、魁は。あんた、魁のこと嫌いなんか」

嫌いかと訊かれると、そうではなかった。

「……嫌いやないけど」

「ほな、なんでそんな怒るの」

「別に怒ってない。……怒ってないけど」

と、鋒国は唇を嚙《か》んだ。

おつかは心配そうに鋒国を見つめていたが、やがて、恐る恐るこう尋ねてきた。

「……誰か他に気になるお人がいてるのか」

「えっ……そんなん」

いるわけがないと答えようとした刹那《せつな》だった。

──美禰、気を付けて帰れよ。

まるですぐ横で囁《ささや》かれたように、忠輝の声が耳に蘇《よみがえ》り、鋒国は思わず息を呑《の》んだ。

「鋒国、どうなん？」

「……知らん、わからん」

そう叫ぶと、鋒国は駆け出していた。

「どうしたらええんや……」

小夜と別れて独り家路をたどりながら、魁もまた頭を抱えていた。

小夜は鋒国の秘密を守る代わりに、自分の望みも叶《かな》えてくれという。つまり、嫁取りしろということだ。

鋒国の答えを焦って、抱きついてしまった自分の愚かさにも腹が立っていた。なんてことをしてしまったのか──。

道脇の木に頭をごつんとぶつけてみても、起きてしまったことはなくならない。

「あぁ……」

大きくため息をついて、魁は木にもたれたまま、ずるずると座り込んだ。

俺はアホや……。

がっくりと肩を落とした。その時だった。

突然、草鞋《わらじ》を履いた足が目の前に現れ、声をかけられた。

「もうし……」

はっと顔を上げると、網代笠《あじろがさ》を目深にかぶった旅の僧が佇《たたず》んでいる。

「あ、はい」

と、慌てて、魁は立ち上がった。

「お坊さま、何か御用にございますか」

「少しお尋ねしたいことがございましてな……」

そう言いながら、僧は網代笠を少し上に上げて、顔を見せた。

「あっ……」

切れ長の大きな目に見つめられた刹那、魁の目の前が真っ白になった——。

第四章　襲　撃

一

鬼切安綱よりも強い刀を――。

炎と闘いながら、月国が精魂込めて造り続けた刀がようやくその姿を現した。

「うむ」

月国は、鋒国がこれまで見たことのない満足気な表情で頷《うなず》いた。

刀身は品よく優美な三日月のようだが、切っ先は鋭く、その場の氣《き》を全て呑み込んでしまうような力強さを感じさせる。

「……これが鬼切を超えた名刀」

鋒国が呟くと、月国は「それはわからん」と答えた。

「えっ……」

「儂《わし》が出来るのはここまで。名刀にするかどうかは遣い手次第」

戸惑いの表情を浮かべた鋒国に微笑みながら、月国は刀身をわずかに差し込んできた月光にかざした。

光を受けて、涙の滴のような刃文が浮かび上がった。

まるであの日の涙みたい——。

鋒国の脳裏に、森の中で笛を吹きながら泣いていた忠輝の顔が浮かんでいた。

その日の午後、ふらりと忠輝が現れた。

「よぉ、元気にしておったか」

忠輝はいつものように明るい笑顔で、提げていた鳥を鋒国に手渡した。

「土産だ」

「えっ、あ、はい。ありがとうございます……」

かろうじて礼は言ったものの、鋒国は顔が火照ってくるのを感じて、まともに忠輝の顔を見ることができなくなった。だが、忠輝はそんな鋒国のことなど、気にもかけない様子で出迎えた月国と話し始めた。

「そろそろ打ち上がる頃ではないかと、そんな気がしてな」

「まさに。ちょうど打ち上がったばかりにございます」

「そうか」

忠輝は嬉《うれ》しそうな声を上げた。

「ご覧になりますか。拵《こしら》えはこれからになりますが」

「むろんじゃ」

忠輝は月国に誘われるまま、家へと上がった。

いつも通り、打ち上がった刀は恭しく三宝に載せられて、床の間に飾ってある。

忠輝は礼儀正しく正座すると一礼してから、埃《ほこり》がつかないように被《かぶ》せられた白布をそっと取った。

「……」

忠輝は一言も発することなく、しばらくじっと見つめていたが、やがて、もう一度深く頭を下げてから、月国へと体の向きを変えた。

「……月国、誠にかたじけない。さぞや苦労であったろう」

そう礼を言う目に光るものがあることに、鋒国は気づいた。

「なんの、これしき」

と、月国は微笑んだ。

「介殿はどうご覧になりましたか」

忠輝は少し言葉を選ぶように呟《つぶや》いた。

「こちらの心を全て読まれる気がした。曇りや穢《けが》れがあれば許されない厳しさがある。かといって、冷たいというわけではない。なんと言えばいいのか、この刀は持ち主を選ぶ。相応《ふさわ》しい者にしか使いこなせぬように思える」

「まさしく」

月国は満足そうに頷いた。

「拵えが上がるのが楽しみだ」

「ええ。じき、取りに来ることになっております」

「奈良屋か」

「はい。ご存じで」

「うむ。ちょっとな」

忠輝は微笑むと、鋒国を見た。魁とのことを知っているはずがないだろうに、何か言いたそうな顔をしている。だが、鋒国は目が合ったのが恥ずかしく、すぐに下を向いてしまった。

「粗茶ですが、どうぞ」

「そうだな……」

と、おつかがお茶を持ってきた。

「おお、すまんな。ちょうど喉《のど》が渇いていたところだ」

忠輝はおつかに微笑み、茶碗《ちゃわん》を受け取ると、旨《うま》そうに飲み始めた。

「うん、旨い。しかし、少し変わった味がするが」

「さぁ、そうですか。この辺りの野草を干したもんで、私らはいつも飲んでるんですが……お口に合いませんか」

と、おつかは心配そうに尋ねた。

「いや、そうではない。慣れれば癖になりそうな味だ」

と、忠輝は微笑んだ。

「あのぉ、今日、お連れさまは？」

おつかの問いに忠輝はおどけた調子で答えた。

「ああ、競兵衛か。置いてきた。あやつは走るのが遅いのだ」

「まぁまぁ、そのようなことを」

おつかは楽しげに笑うと、珍しく忠輝を誘った。

「よろしければ、お食事などお召し上がりになりませぬか」

「おお、よいのか」

「そのおつもりの土産ではないので？」

と、月国が忠輝を茶化した。

「ばれたか。寺では精進料理ばかりでな。ではよろしく頼む」

「ええ、どうぞごゆっくりなさってくださいまし。すぐにご用意いたしますから」

おつかは愛想よく頷くと、鋒国が手にしている鳥に目をやった。

「鍋《なべ》でもしようかね。手伝ってくれる？」

「うん」

鋒国は鳥をおつかに手渡した。

台所に向かうと、鋒国は、「さっきのお茶、まだある？」と土瓶を覗《のぞ》いた。ふだんのおつかなら、多めに作っておくはずなのに、何も残っていない。

「ああ、あれが最後やったんや……喉が渇いてるんやったら白湯《さゆ》でも飲んどき」

おつかにそう言われて、鋒国は小さく肩をすくめた。

ぐつぐつと鍋が美味《おい》しそうな湯気を上げはじめた。

囲炉裏では、忠輝を中心に話に花が咲いている。

鋒国は膳《ぜん》を用意しながら、小さくため息をついた。というのも、鍋の用意を始めてすぐに、客人が増えたからである。

先にやってきたのは競兵衛であった。

「殿、勝手なことをなさっては」

置いてきぼりをくっていた競兵衛は苦言を呈そうとしたが、その気勢を削《そ》ぐように、忠輝はいつも以上の笑顔で、「おお、よう来た。お前も食べていけ」と、まるで自分の家のように誘った。

それは別に構わない。困ったのは、そこに魁が参加したことである。

魁はいつものように、打ち上がった刀を受け取るために来たのだが、貰《もら》い物だと酒を持参していた。その酒徳利に忠輝は目を細めた。

「肉を食べられるぞ。しかも、うまい具合に酒も来た。魁、お前も喰《く》っていけ」

「は、はい」

鋒国が不思議だったのは、忠輝と魁が互いを見知っていたということだった。

忠輝は魁のことを、まるで弟を見るような眼差《まなざ》しで見つめ、「魁、魁」と名を呼び、話しかける。魁は魁で、仕事のことなど、問われるままに話をする。

いったい、どういう繋《つな》がりがあったのか。問うのを躊躇《ためら》って鋒国が黙っていると、魁の方から「この前、伊勢に行ったときにお会いしたんだ」と言う。

続いて話を聞こうとしたが、月国が魁に伊勢での仕事の様子を話すように言い、それきりになってしまった。

その後、みんなで鍋を囲むことになり、忠輝を上座に、上手には競兵衛と魁、下手には月国、鋒国、おつかの順に座ることになったが、競兵衛は忠輝が酒に口を付ける前に、「失礼……」と小声で断ってから、一口、口に含んだ。まるで毒見をしているようだ。

「競兵衛、やめろ。今日はよい」

と、忠輝が制止しようとしたが、すぐに魁が構わないと頷《うなず》いた。

「よいのでございますよ。どうぞご存分に」

競兵衛は大丈夫だというように頷いた。

「すまぬな。心配性なのだ、こいつは」

と、忠輝は魁に無礼を詫《わ》びてから、盃《さかずき》を手にした。

「今日は久々に飲むぞ」

忠輝が嬉《うれ》しそうに声を上げ、月国も「そういたしましょう」と微笑んだ。

鍋が出来る間、忠輝はみなの知らない江戸の様子や異人と会ったときのことなどを話して、場を和ませていた。

「小童《こわっぱ》、刀造りで一番大変なことは何だ?」などと、忠輝は鋒国にも話を振ろうとしたが、その度、鋒国は魁の視線を感じて、言葉に詰まった。

「お、これは何かな……おお、葛《くず》か」

忠輝が膳に載った小鉢に目を留めた。焼き茄子《なす》の上にとろみのついた餡《あん》がかかっている。生姜《しょうが》も添えてあり、彩りもよい。

「はい、ようお分かりで。この辺りは葛の産地なんでございますよ」

と、おつかが答えた。

忠輝は一口食べると、満足げに頷いた。

「うむ。よい味付けだ。おつかさんは料理上手だな」

「まぁまぁ、さようで？　そんなことは、あにさんにも鋒国にも言われたことがございませんのに」

と、おつかは大喜びで答えた。

「それはいかんな。旨いものは旨いと言うに限る」

「まだまだございますよ、お召し上がりになりますか」

「ああ」

おつかはよほど嬉しいのか、満面の笑みで、忠輝のために鉢のお代わりを取りに行った。

「おい、小童、食べてるか」

忠輝にそう言われても、鋒国はあまり食べる気がしない。鋒国が遠慮していると、魁が身を乗り出し、肉を一切れ取って、鋒国の椀《わん》の中に入れた。

「……いいのに」

忠輝の前で魁に世話を焼かれるのが、どうにも恥ずかしくてならない。

鋒国はおつかの後を追うように、台所へ向かった。

――よいか。こちらを先に。もう一つは後から使う。

頭の中で男の声が響いている。抗《あらが》いようのない声だ。

――片方だけでは何も起こらぬ。二つ合わさって初めて効き目が出る。よいな、お前たちに危険はない。悟られることもない……。

「おつかさん、どうかしたん？」

台所の隅で頭に手をやり、目を閉じているおつかを見て、鋒国は声をかけた。

さっきまであんなに元気だったのに、立ち眩《くら》みでも起こしたのか。

「大丈夫？　なぁ、おつかさんてば」

「えっ、……あ、ううん、大事ない」

「ほんまに？」

「ああ、これ、持って行って」

おつかは微笑むと、鋒国に小鉢を渡した。

居間へ戻ると、ちょうど忠輝が座しているところから立ち上がったところだった。

珍しく、足が少しふらついている。

「殿……」

心配そうに競兵衛が声をかけたが、忠輝は大丈夫だと手を振った。

「ハハハ、少し酔ったようだ。風にあたってくる」

「厠《かわや》なら、庭の先にございますぞ」

と、月国が声をかけた。

「のう、介殿は酒があまりお強うはないのであろうか」

「いえ、そのようなことは。今日は久しぶりにお飲みになったせいかもしれませぬ」

と答える競兵衛も顔が赤い。

「旨《うま》い酒ですから、過ごされたのでしょう」

「確かに」

「またいつでもお持ちいたしますよ」

と、魁が如才なく答えると、すっと座を立って出て行った。

魁も厠か、それとも水でも飲みに行くつもりか。

鋒国はなぜかその姿が気にかかった。


「競兵衛か、大事ないと言うたであろう」

庭で月を見上げていた忠輝は、後ろから近づいてきた気配にそう話しかけた。

「見ろ、朧月夜《おぼろづきよ》だ」

と言った瞬間、忠輝の身体から急に力が抜けた。

「うっ……」

「どうかなされましたか」

くぐもった女の声がする。

「あ、うむ……ああ、おつかさんか」

問いかけてみたものの、相手の顔がぼやけてよく見えない。

「こちらへ」

と、相手が誘う方へと歩き出そうとしたが、足が重い。

もしや、毒か……まさか。

と、突然、殺気と共にきらりと何かが光った。

すんでのところで躱《かわ》すと、忠輝は相手を押さえつけて、刃物を取り上げた。

「な、なにを……」

声を上げようとしたが、ろれつが回らない。

と、次の刹那《せつな》、さきほどよりも強い殺気が背後から襲いかかった。

転がるようにして躱《かわ》し、忠輝は振り向きざま、敵を蹴《け》り倒した。

「えっ」

庭に出た鋒国が目にしたのは、魁の上に馬乗りになって首を絞めている忠輝の姿であった。

さらにその横ではおつかが茫然《ぼうぜん》と立ち尽くしている。

「やめて、何をなさるんですっ」

鋒国は思わず叫び声を上げ、止めに入った。

「おやめ下さいっ」

と、必死に忠輝を魁から引き離すと、忠輝もろとも、尻餅《しりもち》をついてしまった。

なぜか忠輝は目を押さえ、めまいでも起こしているようにふらふらしている。

「殿っ」

鋒国の悲鳴に気づいた競兵衛と月国が飛び出して来た。

「いったい、何が……」

競兵衛は庭に降り、忠輝を助け起こそうとした。

魁はゲホゲホと咳《せ》き込みながら起き上がった。

「魁、怪我は」

「……だ、大丈夫や」

と、魁が答えたのを見てから、鋒国はおつかに駆け寄った。

「おつかさん、おつかさん……」

おつかの目は異様な光を帯び、虚空を睨《にら》んでいる。

「どないしたん、おつかさん」

と、鋒国はおつかを揺さぶろうとした。

「鋒国、離れろ。おつかは邪術をかけられておる」

「えっ」

月国の声に驚いた鋒国に向かって、おつかは獣のような唸《うな》り声を上げ迫って来た。蛇に睨まれた蛙のように、動くに動かれず、鋒国はじりじりと後ずさりをするしかできない。

続いて、魁も呼応するように激しい異様な唸り声を上げた。おつかも魁も、目に異様な光を帯び、身体から黒煙のようなものが立ち昇っている。

「……殿、しっかり」

競兵衛は忠輝を支えて立たせようとしていたが、忠輝は膝《ひざ》をつき、身動きできない。声も上げられない様子だ。その背後にいた魁は唸り声を上げ、忠輝に突進していった。手に持った刃物を振りかざし、普段の魁では到底考えられないような乱暴な行為だ。

「危ないっ」

気付いた鋒国がすぐさま叫んだが、一瞬遅く、魁の刃物が忠輝に襲いかかった。

「うぐっ」

かろうじて忠輝を庇《かば》った競兵衛の腕が切れ、血が滴り落ち、鋒国は思わず悲鳴を上げた。

「待て、やめろ、やめるんだ」

競兵衛は叫びながら、魁の攻撃から忠輝を庇おうとした。

しかし、魁の殺気は凄《すさ》まじく、競兵衛と忠輝を執拗《しつよう》に襲い続けた。

「……やめて、魁、やめて……」

鋒国は声を上げることはできるものの、おつかに睨まれ、動きが取れない。

と、そのとき、月国の声が庭に響いた。

「厄災清祓《やくさいきよはらえ》……祓《はら》い給い清め給え、祓い給い清め給え」

月国は唱えながら、鍛え上げたばかりの刀を捧《ささ》げ持ち、月に向かって掲げた。

月光を受け、刀身が白く輝き始めた。と次の刹那、眩《まばゆ》いばかりの清廉な光と氣《き》が四方八方に放たれた。

「うぐぁ」

魁とおつかは恐ろしい声を上げのたうち回ると、崩れ落ちるようにその場に倒れ込んだのだった。

やがて辺りに静寂が戻った。

「介殿は、ご無事か」

月国が忠輝に向かって声をかけると、声を発することができない忠輝に代わって、競兵衛が答えた。

「……痺《しび》れが酷《ひど》いようにございます」

「早《はよ》う、中へ」

「はい」

月国に促され、競兵衛は忠輝を部屋へと運んでいく。

それを見届けてから、月国は庭に降りて来た。

「鋒国、大事ないか」

「はい、私は」

と、鋒国は無事だと答えた。

そのとき、おつかが起き上がった。

「……お、おつかさん」

鋒国は恐々声をかけた。

「えっ…、な、何……。これは……魁、どうしたんや」

おつかは何が起きたのか、まるでわからない様子だったが、目の色はもう普段通りに戻っていた。

月国がゆっくりと魁に近づき、活を入れた。

魁はうっと一つ呻《うめ》いて、目を開けた。

「魁……大丈夫か」

「は、はい。えっ……これは」

魁もまた、夢から覚めたような顔で戸惑いの声を上げた。

魁もおつかも憑《つ》き物が落ちたようだ。

「じじさま……」

心配そうな声を上げる鋒国に、月国はもう大丈夫だと頷《うなず》いてみせたのだった。

二

「何っ、しくじっただと……」

柳生宗矩は苛立《いらだ》った声を上げると、扇子をパチッと閉じた。

よくも軽々しくそんな報告をしにきたものだと、腹が立ってしようがない。

影は床下にいても主人の機嫌が最悪なことはよくわかっていると見えて、次の言葉を控えている。

宗矩の脳裏に、挨拶《あいさつ》代わりに偉そうに術をかけてきた幻斎の姿が浮かんだ。

忠輝はあの術を簡単に見破ったというのだろうか。

「どうやって術が破られたのだ」

「刀にございます」

「刀……。月国のか。既に刀は出来ているのだな」

「はい。さすがは天子さまの守刀にも選ばれる月国。とてつもない氣を放ち、祓い退けたと思われまする」

「……それが霊刀と呼ばれる所以《ゆえん》か」

独り言のようにそう呟《つぶや》くと、宗矩は深く吐息をついた。

「で、幻斎はどこにおる」

「……むろん、伊勢にございます。必ず仕留めてごらんにいれるとのことです」

「当たり前じゃ。また偉そうなことを。よいか、次はない。のうのうと生きておれると思うなと、そう告げよ」

「はい。では」

「待て。忠輝を仕留めるのは幻斎に任せ、お前は刀だけでも持ち帰れ。よいか、月国の一族はまだ使いでがある。殺すなよ」

「はっ」

宗矩の指図を受けて、影は姿を消した。

術はもう使えまい。それで忠輝を仕留めることができるだろうか。

幻斎の次に使える手といえば……。

宗矩は考えを巡らせていた。

三

「……しっかり。死んではなりませぬ」

遠くで女の声がした。自分に向かって言っているのか。

次第に声がはっきりとしてきた。

「お願いです。目を開けてください」

泣いているのか、頬にぽとりと落ちた小さな涙粒を感じる。

五郎八か……いや、母上か……私はまた母上を泣かせてしまったのか――。

女の手が忠輝の額を優しく撫《な》でる。

なんという心地よさだろう。

忠輝は、その柔らかな手のぬくもりに癒《いや》されながら、眠り続けていた。

「まだお目覚めにはならぬか」

競兵衛の問いに、鋒国は小さく頷いた。

競兵衛は忠輝をすぐさま金剛證寺に連れて帰ろうとしたが、意識を失った状態では難しく、金剛證寺に遣いをやり、迎えを待つことになった。

その夜ひと晩は月国の家で過ごすことになり、鋒国は看病にあたっていた。

忠輝は静かに寝息を立てている。苦しくはないようだが、意識が戻らない。

競兵衛は忠輝を抱え起こすと、入手してきた毒消しを口移しで飲ませようとし、鋒国は甲斐甲斐《かいがい》しく、その手助けをした。

「……すまぬな」

「いえ、そのような」

鋒国は恐縮して首を振った。

主従は似るのだろうか。忠輝同様に競兵衛も心優しい男だ。

術が解けた後、自分たちがしでかしたことがわかったおつかと魁は死んでお詫《わ》びをすると言ったが、競兵衛は「殿はそのようなこと、お望みにはならぬ」と言って二人を止めた。おつかと魁は月国に命じられ、すぐさま滝行で穢《けが》れを落とし、祠《ほこら》に籠《こ》もっていた。

知らせを受けた奈良屋の甚右衛門は押っ取り刀でやってくると、魁の様子を尋ね、それから、しばらく月国と今後の対応を話していた。

「代わろう、そちも少し眠るがよい」

「いえ、お側に」

と、鋒国は首を振った。

毒を盛ってしまったのは、術にかけられたおつかだが、鋒国もおつかの料理を忠輝に運んだ。本来ならば、死んでお詫びをしなくてはいけないところだ。

それなのに、ただ忠輝の汗を拭《ふ》き、手をさすり、目を覚まして欲しいと願い続けるしかできないでいる。鋒国はそんな自分が情けなかった。

「介さまは大丈夫でしょうか」

解毒剤を飲んだ忠輝は穏やかな顔で眠っている。

競兵衛はその顔を見てから、鋒国に頷いてみせた。

「……毒などに負ける方ではない。強いお方だ。すぐに元気になられよう」

その声に呼応するかのように、忠輝がふーっと深く呼吸をした。

「前にもこのようなことがあったのですか」

鋒国の問いに、競兵衛はただ微笑むだけで、否定はしない。

「……いったい誰がこのような怖ろしいことを」

「それはそちが知らずとも良いことだ」

競兵衛は幼子に言い聞かせるような眼差《まなざ》しをしている。鋒国は納得しなかった。

「……そうは思いません。おつかさんや魁があのようなことになったのです。敵もわからず守ることはできません」

「守る？　そちが守るというのか」

「はい」

と、鋒国が即座に答え、競兵衛が苦笑を浮かべた時だった。

「うっ……う〜む」

忠輝が小さく声を上げると、薄《う》っすらと目を開けた。

「殿……」

「おお、競兵衛か」

忠輝はすぐさま起き上がろうとし、競兵衛がそれを支えた。

「皆は、大事ないか」

「はい。殿、ご気分は」

「うむ。大丈夫だ。よく眠ったようだな」

そう答えてから、忠輝は足元に控えていた鋒国に気づいた。

「ようぉ、小童《こわっぱ》。……なぜお前が……うむ、ここは月国の家か」

「介さま、申し訳ございません」

鋒国は両手をついて許しを請うた。

「なぜ、お前が謝るのだ。それより月国はどうした」

「はい、すぐに」

鋒国は月国を呼びにいった。連れて戻ってくると、忠輝は競兵衛から起きたことをあらかた聞いた様子であった。

「さすが、月国の守刀。お前の刀が私を守ってくれたのだな」

「いえ、介殿、どう償えばよいものか。申し訳ございませぬ。どうか我が妹と魁にお許しを。奈良屋の主人も改めてお詫びに伺うと申しておりました」

手をついて謝ろうとする月国を制し、忠輝は頭を下げた。

「いや、謝らねばならぬは私の方だ。私がお前たちを巻き込んだのだ。許してくれ。で、魁とおつかさんはどうなった？　もう大丈夫なのか。怪我はしておらぬか」

「はい。無事にございます。術もすぐに解けました。が、念のため、身を清めさせております」

と、月国が答えた。

「そうか、それならば良かった」

忠輝は頷《うなず》くと、競兵衛に目をやってから小声で問いかけた。

「……柳生か」

「おそらくは」

と、競兵衛は小さく頷いた。

「柳生……大和《やまと》柳生の仕業だと？　それでは介殿を狙うは……」

と、月国は尋ねかけて、言葉を呑《の》んだ。

「……そういうことだ」

忠輝はそれだけ答え、小さく笑みを浮かべた。

いったい誰が介さまを狙っているというのだろう――。

鋒国は、忠輝の切なそうな表情が気にかかっていた。

四

忠輝が金剛證寺に戻ってからしばらくして、刀の拵《こしら》えが仕上がった。

出来上がった刀を月国は感慨深そうに眺めている。その頬の肉が削《そ》げ、やつれてしまったのが、鋒国には気がかりだった。実は、月国は拵えの作業の間中、甚右衛門の工房に出向いて監視を行っていた。そんなことは初めてだったが、魁が術にかけられたことを知った甚右衛門からの、たっての頼みだったのだ。

「……よう見てみろ」

甚右衛門、魁と共に家に戻って来た月国は、鋒国に守刀を検分するように命じた。

けっして贅沢《ぜいたく》な拵えではない。だが、鞘《さや》の黒漆は艶《つや》やかに一点の曇りもなく、わずかに金糸を入れた黒の高麗組糸《こうらいくみいと》で巻かれた柄《つか》には強さと魔除《まよ》けを意味する矢羽根が施されてある。鍔《つば》は気高く飛翔《ひしょう》する鷹《たか》、柄口《つかぐち》の縁には松平の家紋である葵《あおい》がはめ込まれ、優美さと力強さを兼ね備えた忠輝に相応《ふさわ》しい守刀である。

「これが介さまの守刀……」

忠輝が喜ぶ顔が目に浮かぶようだと、鋒国は感じた。

「お陰さまでよい刀になった」

と、月国は甚右衛門に頭を下げた。

「いえいえ、私どもなど何も。これはまさに月国どののお力」

と、甚右衛門が感嘆の声を上げ、魁もまた頷いている。魁はすっかり元に戻った様子で、刀を見ても怖がることもなく、穏やかな目をしていて、鋒国は安心した。

「さて、納めに行くかの」

月国が呟《つぶや》いた。出来上がった刀を自らの手で届ける――それが月国の流儀だ。だが、祖父の身体にこれ以上の無理は禁物だと鋒国は思った。

「それなら私が。私にお任せください」

鋒国は自分にその役目をと願い出た。

「じじさまはここでお待ちを。その方がおつかさんも安心でしょうし」

邪を祓《はら》ったとはいえ、おつかもまた本調子とは言えない。そのことを鋒国は告げた。

「いや、しかしそれでは……」

と、月国は少し逡巡《しゅんじゅん》していたが、おつかが不安がっているのは理解していた。

その時、魁が身を乗り出した。

「私が一緒に行ってはいけませんか。私なら何度も金剛證寺に通っておりますし」

「そうなさいませ。私からもお願いいたします。松平さまへの詫《わ》びもきちんとさせねばなりませぬし、こう言ってはなんですが、鋒国さんお一人では危のうございます。どうぞこいつを連れていってください」

と、甚右衛門が口添えをした。

「それはそうだが……」

月国はじっと魁の顔を見つめてから頷いた。

「では、そうしてもらおうか」

それから月国は、出かける準備を始めた鋒国に金襴《きんらん》の袋にしまわれた懐剣を手渡した。

「持っていけ。お前が生まれた折に打っておいたものだ」

「これを、じじさまが？」

「お前の父と共にな。きっとお前を守ってくれるだろう」

「はい……」

手にすると、小振りながら意外にずしりとした重みと同時に、ゆったりとした大きなものに包まれていくような不思議な感覚が湧き上がってくるのを鋒国は感じた。

「頼んだぞ」

「はい。行ってまいります」

明るく返事をする鋒国に月国は柔和な笑みを返した。

小袖《こそで》に軽衫《かるさん》、手甲脚絆《てっこうきゃはん》、背中には守刀を包んだ袋を背負い、旅支度を整えた鋒国は魁と共に伊勢へと出立した。初めての遠出は嬉《うれ》しい反面、不安も大きかったが、鋒国は自分を鼓舞するかのように、歩み始めた。

「……一緒に行きたいって無理言うて悪かったな」

二人並んで歩きだしてすぐ、魁は鋒国にそんな風に話しかけた。

「前みたいな無茶はせんから、安心しててええから」

「う、うん……」

「俺な。実は……」

と、魁が何かを言おうとしたときだった。何やら視線を感じて鋒国が振り返ると、そこには庄屋《しょうや》の娘、小夜がいた。

「あっ……小夜さん」

その声で魁も振り返った。

小夜は怖い顔をして魁を睨《にら》みつけていたが、魁が一瞬困ったような素振りをみせると、ふっと気弱な表情に変わった。

よく見ると、小夜の目は大粒の涙で潤んでいる。

そのとき、小夜の従妹《いとこ》の鈴が出てきて、小夜の手を引いて連れて行こうとした。

鈴は怯《おび》えたような顔で、「見たらあかん、見たら」と小夜に告げている。

小夜は邪険に鈴の手を振り払うと、魁に向かってこう叫んだ。

「あんたのことなんか、初めっから好きでもなんでもない。もう二度と現れんといて」

そうして、小夜は踵《きびす》を返すと、鈴と共に去っていった。

「あれは……」

どういうことかと、魁を見ると、苦笑いを浮かべている。

「……禍《わざわい》転じて福となすっていうことやな」

「どういうこと？」

「俺が魔物に取り憑《つ》かれたって、庄屋さまに知れたんや。お陰で縁談が壊れてくれた」

「そんな……それで福やなんて」

「お前のことも祟《たた》りを恐れているから、何も言わんやろ。ああ見えて、小夜は怖がりや」

そう言うと、魁は再び歩き始めた。

「そう……」

鋒国は小夜の目に浮かんでいた大粒の涙を思った。嫌みできついだけの娘だと思っていたが、小夜は小夜なりに魁のことが本当に好きだったのではないか、そんな気がした。それと同時に、縁談が壊れたというぐらいだから、おかしな噂が里中に知れ渡っているのではないかと気になった。

「魁、あのさ」

商売に影響はないのかと尋ねようとしたとき、一瞬早く、魁がこう告げた。

「俺な、里を出るんや」

「えっ……」

「ほとぼりが冷めるまで、そうした方がええってことになってな。京に行くか、いっそ江戸に行くか、どっちにしても得意先探しってとこかな」

「江戸……」

京や大坂に出ていく者は多い。月国もよく行く。だが、江戸となると話は違う。

思わず、鋒国は訊《き》き返していた。

「ああ。親父どのはまだまだ商売を広げる気でおるんや。これもええ切っ掛けかもしれんて言うてな。全然負けてへん。大した人や」

と、魁は自分の父のことを他人《ひと》ごとのように評した。

「それに……俺も見てみたいしな、江戸っちゅう町を」

魁自身にも噂などに負けていられない、そんな思いがあるのだろうと鋒国には感じられた。

「そうなんや……」

「うん。そやから、忠輝さまにちゃんとお詫びをしときたかった。それに……」

と、魁は少し恥ずかしそうに鋒国を見た。

「当分、お前にも会えんし……。こうしてゆっくり話したかったんや」

それだけ言うと、魁は歩みを早めた。

「急ごう。なるべく早《はよ》うに着きたいやろ」

「うん」

鋒国は頷《うなず》き、魁に続いた。

その頃、金剛證寺の忠輝のもとには大林坊が訪れていた。

「やはり仕掛けて来たのですね」

大林坊は、先に毒見で死んでしまった次郎の墓に手を合わせると、忠輝と競兵衛に月国の家で起きたことを聞きたがった。

「放っておいてはくれぬらしい……」

と、忠輝は小さく吐息を漏らした。

「しかし、とりあえず無事でようございました」

「ああ、この通りすっかり元気になった」

「いえ、まだまだ本調子ではございません」

と、競兵衛がすかさず釘《くぎ》を刺し、忠輝は面倒くさいと言わんばかりの顔になった。

それを見て、大林坊は笑みを浮かべたが、少し真剣な顔に戻って、こう尋ねた。

「……その守刀のことでございますが、将軍家が月国に作刀を断られたとのこと、ご存じで？」

「いや、知らぬ。そんなことがあったのか」

「はい。竹千代君の守刀にと、将軍家が御所望されたようですが、けんもほろろであったそうにございます」

「殿……」

と、競兵衛が、心配そうな顔で忠輝を見た。

「……ということは、もしや、月国は私のせいだけでなく、刀そのものを狙われていた……そういうことか」

忠輝の返事に、競兵衛は頷いた。

「そろそろ拵《こしら》えが仕上がることでございましょう。私が取りに行った方がよろしいのでは」

「うむ。私が行こう」

「なりませぬ」「なりませぬっ」

と、大林坊と競兵衛の声が揃った。

「……なんじゃ、私にじっとしておけというのか。月国に礼を言わねばならぬのに。おつかさんや小童《こわつぱ》にも、あれだぞ、色々と世話になったことをだな……」

返事の代わりに、大林坊と競兵衛は何があっても動いてはならないとばかりに、忠輝を睨みつけた。

「お前ら……」

忠輝は渋い顔でフンと横を向いた。

「……よいですか。私が参ります。皆さまへのお言伝《ことづて》も私が。どうか、殿は大林坊どのところでお待ちを。よろしゅうございますね。動いてはなりませぬよ」

競兵衛は子供に言い聞かせるようにしつこく繰り返したのであった。

「……大丈夫か」

「うん、平気」

心配そうに尋ねる魁にそう答えたものの、鋒国は少し疲れを感じていた。

普段から山道を歩いているとはいえ、慣れない道を歩くのは骨が折れる。ましてや今は、忠輝の守刀を背中に背負っている。刀一振りとはいえ、忠輝の刀は一般的な刀より長く、その分重い。

「少し休むか」

魁は手ごろな切り株をみつけると、鋒国に座って待つようにと誘った。

「水が無くなってたな。汲《く》んでくる」

竹筒を片手に魁は沢へと降りて行った。

「ありがとう」

と、その後ろ姿を見送りながら、鋒国はさきほど、魁が里を出ると言ったことを思い出していた。

「江戸か……」

異性として意識したことはなかったが、幼い頃から一番の友だと思ってきた。魁がいてくれて、助かったことは山のようにあった。

寂しくなると鋒国は思った。でも、魁がまだ見ぬ地へと飛び出していこうとしているさまは頼もしく、そして羨《うらや》ましくもあった。

「江戸ってどんな所かなぁ……介さまならご存じかな」

そう呟《つぶや》いて、足元を見ると、草鞋《わらじ》の紐《ひも》が解《ほど》けかかっていた。しゃがみ込み、結び直しているときだった。目の前に白足袋を履いた草履が現れた。

「もうし……」

「はい」

と、顔を上げると、見知らぬ旅の僧が立っている。

「一つ、お尋ねしたいのだが……」

と、僧は被《かぶ》っていた網代笠《あじろがさ》に手をかけた。

鋒国は腹のあたりで何かが蠢《うごめ》くような妙な違和感を覚えた。

「えっ……」

懐に手をやると、そこに忍ばせていた懐剣が震えている。

鋒国は思わず、懐剣を手に取り出した。すると、僧は少し後ろに下がった。

「あ、すみません……」

驚かせたかと、謝りかけた鋒国に対して、僧は網代笠を少し持ち上げ、顔を見せた。細身で尖《とが》った顎《あご》をした男だ。一重だが切れ長の目は鋭く、まるで射貫《いぬ》かれるような心地すらする。

「……良き刀をお持ちのようで」

僧は呟くと、目を細め、きゅっと口角を上げて謎めいた笑みを漏らした。

その瞬間、鋒国は息を呑《の》んだ。まるで蛇に睨《にら》まれた蛙だ。真冬に氷水を浴びせられたように身体中の血が急速に冷えて、目の前が白く霞《かすみ》がかかったように消えかけて……と、次の刹那《せつな》、急に霞が晴れた。

僧の腕に一本の矢が突き刺さり、僧は矢が飛んできた方向を激しく睨んでいた。

「逃げろっ」

声とともに、矢を放った人物が姿を現した。競兵衛だ。

競兵衛が僧に向かって次々に矢を放った。

僧は素早く身を躱《かわ》し、手に持っていた錫杖《しゃくじょう》で飛んできた矢を打ち落としていく。

「そやつから離れろ、早《はよ》う」

競兵衛の声に応じるように、誰かが鋒国の手をぐいと引っ張った。魁だ。

戻って来た魁が、鋒国の手を引いて、駆け出した。

「あ、あれは……」

「わからん、けど、俺もあの坊さんに会《お》うた気がする」

走って逃げながら、魁がそう答えた。

ではあれが、じじさまの言う邪術なのだろうか……。

「待って」

と、鋒国は立ち止まった。

「どうした？　早う、逃げな」

「だって、競兵衛さんが危ない」

「そやからって、俺たちに何ができる？」

鋒国は懐剣をぎゅっと握り締めた。が、確かに魁の言う通りだ。

月国のように祈ったところで、あの怖ろしい僧に立ち向かえるはずがない。

「でも……」

後ろを振り返ると、競兵衛は矢が尽きたとみえ、剣を抜きはらったところだった。

「任せて、早う、逃げよ」

と、再び魁が言ったときだった。

どこからか、忍び装束に身を包んだ一団が現れ、あっという間に鋒国と魁は取り囲まれていた。

魁が鋒国を庇《かば》うように前に出た。

「な、なんや……な、何なんや、お前ら」

声は震えているが、魁は必死だ。

「お前に用はない」

真ん中の頭とおぼしき男が抑揚のない声でそう告げた。

「死にたくなかったら、下がれ」

「お、お前らこそ下がれっ」

鋒国の手を握っていた魁の手に力が入った。

「……魁、退《ど》いてて」

「えっ……」

鋒国はそう言いながら、魁の手をそっと外し、魁の前に進み出た。

「何の用ですか」

と、鋒国は男を精いっぱい睨みつけた。

「用があるのはお前の背にある刀だ。命は取らぬ。刀を置いて去れ」

「鋒国……どうする……どうするんや」

鋒国は魁には返事をせず、懐剣を懐にしまい、背負っていた刀袋を降ろして手に持った。

「……ほう、聞き分けが良いな」

男は笑みを漏らした。次の刹那、鋒国は刀を袋に入ったまま大上段に構えた。

「取れるもんやったら、取ってみぃ」

「鋒国……あかんて……」

魁は啞然《あぜん》となっている。だが、鋒国は一歩も引く気がなかった。

「これは介さまの大事な刀や。誰にもやらん」

威勢よく宣言した鋒国を見て、やれやれと男は苦笑いを浮かべた。

「……命は取らぬと言うておるのに。怪我をするぞ」

男は左手の中指と人差し指を立てて、「行け」というように他の者に合図を送った。

「あかん、来たらあかん」

鋒国は必死に叫んだが、横にいた魁は左から来た男にあっけなく殴り倒された。

「もう一度言う。おとなしく渡せ。渡さぬと斬るぞ」

男はじわりじわりと近づいてくる。

「……さぁ、手間を取らすな。それとも死にたいか」

男はいたぶるように言うと、自らの刀を抜きはらい、鋒国へ向けて振りかぶった。

「いやや」

鋒国は守刀の入った袋をぎゅっと抱きしめると、目を閉じた。男が迫って来る気配がする。その時だった。

びゅんと何かが飛んできたような気配と共に、刀と刀がぶつかる鋭い音がして、鋒国は目を開けた。

見覚えのあるがっしりとした背中が鋒国を守るように、男との間にあった。

「介さまっ……」

鋒国が上げた声に応じるように、忠輝はちらりと鋒国へ目をやり、「怪我はないか」と尋ねた。深く柔らかみのある声だ。

急に鼻の奥がツンとなって泣きそうになったが、鋒国は「はい」と元気よく答えた。

「あ、でも魁が……」

と、魁が倒れた方を見ると、槍《やり》を持った体格の良い僧が駆け寄っているのが目に入った。

「大林坊」

と、忠輝がその僧に呼びかけた。

「ご心配なく、気を失っておるだけ」

大林坊と呼ばれた僧は魁を近くの巨岩の陰に座らせると、忠輝に向かって叫んだ。

「介さま、競兵衛さまが後ろに。怖ろしい術を使う男が」

と、鋒国は忠輝に告げた。

「何っ……」

忠輝は競兵衛のいる後方へと目をやった。そちらへも数名の忍びが加勢に加わろうと動いている。

「お任せを」

と、大林坊が槍を振り回し、敵を威嚇した。

忠輝は「おぉ」と応じ、すぐに忍び装束の者たちに向かって改めて構え直した。

「柳生の手の者か。死闘は無意味だ。お前たちにやる刀はない。下がれっ、下がらぬかっ」

だが、忍たちが引くわけがなかった。

「仕方ない……」

と、忠輝が呟《つぶや》いた途端、攻撃が始まった。忠輝は鋒国を庇うように身を翻し、その者の背中を峰打ちにした。打たれた男は呻《うめ》き声を立てる間もなく崩れ落ちる。

間近で戦いを見るのは初めてだ。はっと息を呑《の》んだ鋒国の手を、忠輝は握った。

「よいか、決して離れるなよ」

「は、はい……」

鋒国が返事をすると、忠輝は微笑み頷《うなず》き、きっと前を見据えた。

ビュンと刀が風を切る音がし、刀と刀が激しくぶつかり火花が散る。

息つく暇もなく、左右から敵が襲いかかって来る。だが、忠輝は物ともせず、まるで踊りのように滑らかな動きで、一人また一人と倒していく。血は流れない。どれも峰打ちだからだ。

怖ろしくて仕方ないはずなのに、鋒国は身をすくめることもなく、ただただ、忠輝について動いた。力強く、厳しい眼差《まなざ》しを崩さず、忠輝は敵を倒していく。だが、怖くはない。忠輝という大きな傘の下にいれば、何があっても大丈夫、そんな安心感さえある。

ふと気づけば、忠輝と鋒国の前には敵は頭一人になっていた。

頭は、競兵衛と対峙《たいじ》していた僧に向かって叫んだ。

「幻斎、何をしている。お前の獲物はこちらだぞ」

返事の代わりに、幻斎の錫杖《しゃくじょう》が競兵衛の脳天めがけて振り下ろされた。

「うぐっ……」

かろうじて直撃は避けたものの、競兵衛は肩をやられた。続けざまに錫杖が振り下ろされた。よく見ると錫杖の先は鋭い刃物になっているのだ。傷を負った競兵衛は転がりながら攻撃を避《よ》けている。

「競兵衛ぇ」

競兵衛に向かって気が散った忠輝めがけて、頭が襲いかかって来た。

「介さまっ、危ない」

思わず鋒国は叫んだ。

すんでのところで、大林坊が忠輝に代わって、頭の攻撃を受け止めた。

「すまぬ」

「ここは私が」

忠輝は頷き、大林坊に頭を任せると、忠輝は鋒国を抱きかかえ、巨岩の上に飛び上がった。

「よいか、ここで待て。動くなよ」

「はい」

鋒国を安全な岩の上に降ろすと、忠輝は競兵衛にとどめを刺そうとしていた幻斎の前へ飛び降りた。

「来たか……」

ふふっと幻斎が笑った。

「と、殿……見てはなりませぬ。あやつの目を見ては……」

苦悶《くもん》の表情を浮かべながら、忠輝の後ろから、競兵衛は必死に告げた。

「わかっておる……」

と答えてから、忠輝は幻斎に向かってこう言い放った。

「私に幻術は通用せぬ。諦《あきら》めろ」

だが、幻斎は聞く耳持たぬと、忠輝に向かって、錫杖を振り上げた。

がしっと、忠輝はそれを刀で受け止めた。続いて、忠輝は回り込み、幻斎を薙《な》いだ。今度は幻斎がそれを錫杖で弾《はじ》き返した。と、その刹那《せつな》だった。

あろうことか、忠輝の刀が真っ二つに折れてしまった。

「しまった」

忠輝は思わず唇を噛《か》んだ。脇差を帯刀してこなかったことを悔やんでも遅い。

「ふふ……」

幻斎は不敵な笑みを浮かべると、続けざまに錫杖を振り下ろした。

武器を失った忠輝は、右へ左へと身を躱《かわ》し、それを避けた。

競兵衛は助勢しようにも動くことができない。

「介さまっ、これを」

声の方を見ると、鋒国が、袋から取り出した守刀を忠輝目がけて、投げようとしていた。

幻斎もそれに気づき、刀を奪取しようと動いたが、一瞬早く、忠輝は地を蹴《け》り飛翔《しょう》すると、守刀を摑《つか》んだ。

「ムム……」

幻斎が悔しそうに唸《うな》り声を上げる。

忠輝は幻斎を見据えつつ、静かに守刀に目礼した。敬いの念が自然と湧いてくる。

「……抜苦与楽……」

清廉とした氣《き》が身体中に沸き上がるのを感じる。

幻斎は、必殺の構えを見せて叫んだ。

「死ねっ、忠輝」

鋒国は息を詰めて、忠輝の決闘を見守っていた。

忠輝が鞘《さや》から刀を抜いた瞬間、純白の光が迸《ほとばし》った。

光は幻斎が放つどす黒い氣の塊に向かっていく。

忠輝が刀を薙いだ次の刹那、幻斎の顔面、横一直線に赤い筋が走った。忠輝が幻斎の目を斬ったのである。

一瞬の間の後、血飛沫《ちしぶき》を上げ、幻斎はがくっと膝《ひざ》をついた。

「こ、殺せ……」

だが、忠輝は静かに刀を振って鞘にしまった。

「殺生は好かぬ。行け」

「要らぬ情けを……殺せというに」

「お前が死んだところで、誰も喜ばぬ。お前の役目は終わった。主《あるじ》にこう告げよ。忠輝の命が欲しいなら、自ら勝負しに来いとな」

「……後悔するぞ」

幻斎は捨て台詞《ぜりふ》を吐いた。

と同時に、白煙が辺りに立ち込めた。

煙が消えた後、幻斎も大林坊が相手をしていた頭も、そして、忠輝が峰打ちにしていた者たちもみな、消え失《う》せていたのであった。


「大事ないか」

忠輝は、競兵衛に駆け寄り助け起こした。

「は、はい……何のこれしき」

肩に怪我は負っているものの、意識ははっきりとしている。競兵衛は大丈夫だと頷いてみせたが、すぐに、「なぜこちらに」と、咎《とが》めるような顔になった。

忠輝がおとなしく待っているはずがないとわかっていても、言わずにはいられないのだろう。

「来ぬほうがよかったか」

「……いえ、そうではありませぬが」

と応じつつ、競兵衛は大林坊に目をやった。忠輝の見張りを頼まれていた大林坊は苦笑いを浮かべた。

「じっとしていられぬ方だと思ってはおりましたが、まさか厠《かわや》へ行くふりをして撒《ま》かれるとは思っておりませなんだ。焦りましたぞ」

「殿……」

大林坊と競兵衛の二人に睨《にら》まれて、ハハハと、忠輝は笑ってごまかした。

「来てくださって助かりました」

と礼を言ったのは、意識が戻った魁であった。魁は足でもくじいたのか、大林坊の肩にすがっている。

「ほら見ろ。このように素直に助かったと言えばよいのだ。さすれば少しは可愛げがあるというもの……」

と、忠輝が競兵衛を見たときだった。岩の上で待っていた鋒国が声を上げた。

「……いつになったら降ろしてくれるのです」

「おっ、忘れておった。来い、小童《こわっぱ》」

と、忠輝が両手を広げた。

「えっ……」

「遠慮せずともよい。ほら、飛んで来い」

「そんな……」

岩は大人の男の背丈よりも高いが、飛んで飛べぬ高さではない。だが、躊躇《ためら》いを見せる鋒国に、なおも忠輝は言った。

「それとも怖いか」

「いえ、怖くなど……」

ないとばかりに、鋒国は飛んだ。

下で忠輝が受け止める。逞《たくま》しい腕の中にすっぽりとはまり込んだ鋒国に忠輝は満面の笑みを向けた。

「……よう頑張った。礼を言う。よくぞ刀を持ってきてくれた」

「介さま……」

突然、鋒国の目にぶわっと大粒の涙が湧き上がり、声を上げて泣き始めた。

「お、おい、どうした」

「嫌いや、介さまなんて、大嫌いや」

泣きじゃくりながら、鋒国は忠輝の胸をドンドン叩《たた》いている。

「おっ、おい……なんで、なぜだ？　降ろすのを忘れたのがそんなに嫌か」

「違う。そんなんやない」

大泣きを続ける鋒国を前に、オロオロする忠輝を見て、競兵衛と大林坊が笑い出した。

「よほど怖かったのであろう」

「ああ」

忠輝の胸の中で、安心して泣きじゃくっている鋒国の姿に、魁は少し寂しそうな笑顔を浮かべていた。

五

その後、鋒国は魁や忠輝らと共に金剛證寺に向かった。

忠輝が競兵衛や魁の手当てをしていると、有慶が姿を現した。

「また何かございましたか」

「ああ、有慶どの、すまぬ。騒がせたかな」

「いえ……松平さまがご無事であればよいのです」

と応じてから、有慶は隅に控えていた鋒国に目をやった。

「ああ、これは鋒国だ。月国の孫にあたる」

問われる前に忠輝が紹介した。

「あの刀の……」

「そうだ」

「……初めてお目にかかります。鋒国にございます」

と、鋒国は深々と頭を下げた。有慶はその姿をじっと見つめ、柔和な笑みを浮かべた。

「疲れたであろう。しばし休んでお戻りなされ。見たいところがあればどこでも見てよいからな」

「はい。ありがとう存じます」

鋒国が礼を言うと、有慶は頷《うなず》き、忠輝を外へと誘《いざな》った。

外へ出ると、有慶は忠輝に心配そうな目を向けた。

「これで収まるとは思えませぬな」

「迷惑をかけてすまぬ」

「いえ、そんなことを申しておるのではございません。お気を付けをと言いたいだけで」

「……かたじけない」

頭を下げる忠輝に、有慶は微笑むと、ふと部屋の方へと目をやった。

「あの者、なぜに男の姿を」

「ああ、鋒国か。さすがお分かりになったようだな。少し事情がある。黙っていてやってくれまいか」

「それは構いませぬが……童子、いや、まるで蓮《はす》の花のような娘にございますな」

「ん？」

どういう意味かと怪訝《けげん》な顔になった忠輝に、有慶は柔らかな笑みを浮かべ、こう告げた。

「今にも花びらが開きそうな、清浄無垢《むく》な氣《き》を感じましてな」

「うん、まさに」

その通りだと、忠輝は頷いた。

「大切になさいませ」

そう言ってから、有慶は忠輝に一礼して踵《きびす》を返した。

忠輝も礼を返し、踵を返すと、鋒国がちょうど部屋から出てきたところだった。

「どうした」

「お話は終わったのですか」

「ああ。……厠なら向こうだぞ」

「違います。どこでも見てもよいとおっしゃったので、見て回ろうかと」

「そうか。よし、私が案内してやろう。来い」

「はい」

　忠輝は鋒国を連れて、寺院の中を連れまわした。

　鋒国は仁王門で阿吽《あうん》の睨みを利かせる大きな二体の金剛力士像に驚き、本堂摩尼殿の内陣の壮麗さに目を見張り、と、何を見ても珍しくて仕方がない様子だ。

「口を開いているのが阿形《あぎょう》、閉じているのが吽形《うんぎょう》。この世の始まりと終わりを表している」

「へぇ～」と感心した鋒国は、ふふと含み笑いをした。

「どうした」

「この仁王さま、介さまに似ておられますね」

「こんなに怖い顔をしているか」

「はい。こんなお顔」

と、鋒国は仁王の顔を真似てみせる。

連間《つれま》の池《いけ》の前では、「この池は弘法大師が掘ったそうだぞ」と教えると、鋒国は「えぇ～、おひとりで？」それは大変だと驚く。

そうかと思ったら、「見てください。金色の大きな鯉。ほら、こっちのも」と、はしゃぐという具合で、コロコロと表情が変わる。まるで幼子を見ているようで、忠輝は自然と笑顔になっていた。

奥の院に入ると、背の高さの四倍はあろうかという巨大な卒塔婆《そとば》が何百本も並んでいる。圧倒されて無言になった鋒国に、「ここはな、死者の魂が集まるそうだ」と告げると、鋒国は神妙な顔になり、静かに祈りを捧《ささ》げていた。

ひと通り見終わると、鋒国は「たいそう楽しゅうございました。ありがとう存じます」と、礼儀正しく案内してくれた礼を言った後で、忠輝に一つ、訊《き》いてよいかと伺いを立てた。

「なんだ」

「刀を抜くとき、介さまは何か呟《つぶや》いておられました。あれは」

「ああ……あれか」

忠輝は鋒国の手を取るとその手のひらに指で『抜苦与楽』と書いた。

「……抜苦与楽。昔、月国が教えてくれた言葉だ」

「じじさまが？」

「ああ。……『刀は人を傷つけるものに非《あら》ず。抜苦与楽……すなわち慈悲の力にて苦難を去らせ、幸いを世にもたらすために使うもの』。この刀を手にしたとき、自然とそれが思い起こされてな」

「慈悲の力で苦難を去らせ、幸いをもたらす……」

「うむ。良い言葉だろ」

「はい」

と、頷いた鋒国は、忠輝を見上げた。

「介さまによう似合《にお》うております」

「私か。仁王に似てるという私に？」

「はい。だって、介さまは鬼っ子さまだもの」

と、鋒国は茶化した。

「こいつ……」

と、笑った忠輝を見て、鋒国もおかしそうに笑ったが、やがて少し心配そうな顔になった。

「……もう一つ、お尋ねしても」

「ああ、なんだ」

鋒国は一息ついてから、思い切ったようにこう尋ねた。

「介さまのお命を狙っているのは誰なのですか」

「それは……」

「競兵衛さまにお尋ねしたのですが、知らずともよいと、教えては下さいませんでした。でも、私は知りたいのです。私にも関わりがあることですから」

「そなたにも関わり……ああ、そうか。刀を狙ったのも同じか」

そう呟いてから、忠輝は鋒国を見た。

「……私の命を狙い、月国の刀を欲しがったのは、将軍家だ。つまり、私の兄だ」

「介さまの兄さま……」

「ああ、兄上と私は母が違うのだ。それが理由というわけでもないだろうが、兄上はどうも私がお気に召さぬらしくてな。それで柳生に命じ、あやつらがやって来た。ま、そういうことだな」

忠輝が自嘲《じちょう》気味に笑いを浮かべたその時だった。

鋒国の目からぽろり、一筋の涙が零《こぼ》れ落ちた。

「お、おい……」

また泣きじゃくられては困ると、忠輝が慌てると、鋒国はさっと手で涙を拭《ぬぐ》った。

「……決めました」

「な、何をだ」

「そういうことなら、決めました」

「おい、だから、何を決めたというのだ」

「何から守ればいいのか、わかったから」

「うむ、何を守るというのだ」

「私が介さまをお守りするんです」

忠輝の目をまっすぐに見て、鋒国はそう宣言した。

「えっ……」

「そう決めました」

まっすぐに自分に向かってくる鋒国を忠輝はただただ見つめていた。

第五章　私のひと

一

松平忠輝の兄、二代将軍徳川秀忠はその日、江戸城本丸御殿の奥向きで、忠輝の母・茶阿の方（落飾して朝覚院《ちょうかくいん》）の訪問を受けていた。

いや、正確には、御台所《みだいどころ》である於江《おごう》から是非お渡りをとの伝言を受けて、顔を見に行ったところ、於江と朝覚院に待ち構えられていたのである。

部屋に入った途端、朝覚院がいることに気付いて、ぎょっと立ち止まった秀忠に、於江は「どうぞお座りを」と微笑み、逃げるわけにもいかず、仕方なく挨拶《あいさつ》を受けることになった。

仕方なくというのは、忠輝を配流と決めてからというもの、朝覚院からはもう数えきれないほどの恩赦嘆願が送られてきており、全てを握りつぶして来た負い目があったからである。

朝覚院は同じ家康の側室で、秀忠にとって養母にあたる阿茶《あちゃ》の局《つぼね》にも再三、忠輝の恩赦を願い出ていたが、埒《らち》が明かないことに業を煮やして、於江に頼み込んだものとみえた。

「度々、お騒がせして申し訳ございませぬ。どうかこの老いた母の願いをお聞き届けいただきたく、忠輝どのをどうぞお赦《ゆる》しあって……」

老いたと口では言うものの、朝覚院はとても六十近いとは思えぬ美貌《びぼう》の持ち主だ。特に目力の強さ、美しさは於江にも匹敵する。さすが、家康が一目惚《ひとめぼ》れしただけあると、秀忠は思わず舌を巻いた。対面をしてこなかったのは、こういう美人、しかも年上の――に願い事を言われるのが、最も苦手、いや、ついつい情に流されてしまう癖があると、自覚しているからだ。

「上さま、朝覚院さまのご心労、我がことのように辛《つろ》う感じまする。どうにかして差し上げるわけには参りませぬか」

秀忠より六歳年上の美女である於江は、しれっとした顔でそんなことを言ってのける。

忠輝の配流にあたって、「そんな目障りな者、さっさと遠くへやっておしまいになればよいのに」と言ったことなど、すっかり忘れた顔だ。

於江の外面の良さと言ったら、天下一品だ。姉の淀《よど》の方《かた》の人当りが悪かったことを異常に気にしている於江は、自分はそうではないと言わんばかりに、周りへの気遣いを怠らない。特に近頃、竹千代（のちの家光《いえみつ》）の乳母である春日局《かすがのつぼね》と張り合っているせいで、他所《よそ》からの頼み事には十分すぎる位の手厚さを見せる。

さすが御台さまは慈愛の心をお持ちだと言われるのがよほど嬉《うれ》しいのだ。

「ねぇ、上さま。大御所さまの日光《にっこう》ご改葬もあること。少しは皆に優しゅうしてもおよろしいのでは？」

於江から、甘い猫なで声で囁《ささや》かれると、秀忠は気弱に笑って頷《うなず》くしかなくなる。

とはいえ、於江が本心から、忠輝を赦せと言っているのではないことはその目が物語っている。

「ああ、そうだな。しばらく様子を見て、そのうち……」

後はもごもごと「赦す」という言葉だけは何とか言わずに済ませた。

それでも、朝覚院はひれ伏すように何度も礼を言う。

「わかっております、どうぞ、どうぞお手をお上げくだされ」

於江にならって、人の好《よ》いふりをしつつ、秀忠はその場を切り上げた。

「宗矩を呼べ」

表向きへ戻ってくると、秀忠はすぐさま柳生宗矩を呼んだ。

神妙な顔でやってきた宗矩は、忠輝暗殺が未だ果たせていないことを苦渋の表情で告げた。

「どうか、今しばし、ご猶予を賜りたく」

「そのことだが、謝らずともよい」

「はっ？」

「少し待て。今は都合が悪い」

赦すとは言わなかったが、今ここで忠輝に何かがあれば、朝覚院がどんなに騒ぎ立てることか、そう考えただけでも気が重くなったのだ。

「待てということは……」

「とにかく、今はならぬ。殺すでない」

秀忠は苛々《いらいら》とそう命じたのである。

宗矩の元に幻斎と影が戻って来たのは、ちょうどそんなことがあった次の日であった。

殺してはならぬと命じられたばかりだったので、襲撃の失敗は別に構わなかったが、なぜ揃いも揃って、使い物にならぬのかと、苛立《いらだ》ちは隠せなかった。

「次はない。のうのうと生きておれると思うな。そう命じたはずじゃ。忘れたか」

顔を伏せた幻斎の目には包帯が巻かれ、表情はまるで読めない。

「幻斎、貴様、口もきけぬ有様か」

罵倒《ばとう》されて、幻斎はゆるっと顔を上げた。

「……忠輝の命が欲しいなら、自ら勝負しに来い」

「何ぃ」

「それが伝言にございます」

「わざわざそれを言うために戻って来たというのか」

返事はせず、幻斎はまた顔を伏せた。

「お前もだ」

と、宗矩は影に目をやった。

「月国の刀はどうした。むざむざ忠輝の手に渡るのを見てきたというのか」

「申し訳ございませぬ。陣容を改め、次は必ず」

「誰がお前に次を命じると？」

宗矩は影をじろりと見た。

「そちはもう、頭ではない。影はけっして姿を現さぬものだぞ」

宗矩がそう言うや否や、横から鋭い刃《やいば》が飛んできて、影の首に突き刺さった。

「うっ……」

声を上げる間もなく、影は崩れ落ち、息を引き取った。

「そなたもな。術を使えぬ忍びにもう用はない」

宗矩がそう言って、幻斎を振り返った。だが、そのとき、幻斎の姿は忽然《こつぜん》と消えていたのであった。

二

――私が介さまをお守りするんです。そう決めました。

なぜ、あんなことを口にしてしまったのか。

鋒国は後から考えてもよくわからなかった。

ただ、介さまから、命を狙っているのは兄上だと聞いた瞬間、例えようもなく切なく、悲しい感情が込み上げてきて、次にそれは怒りへと変わった。

泣いていてはいけない。戦わなくてはと思ったのだ。

だから、お守りすると口走ってしまった。

恥ずかしいという気持ちがなかったと言えば嘘だ。でも、言ってしまって、気持ちはすっきりしていた。

そうだ。私は介さまをお守りしたいのだ。そう改めて思えたからだ。

けれど、介さまはそれに対して、何も応《こた》えてはくれなかった。

一瞬、とても驚いた顔をされて、次に理解できないというように首を振ってしまわれた。

「お嫌……ですか」

そう問いかけると、

「いや、そ、そういうわけではないが……」

それから、いつものように笑い飛ばそうとし、それも止めて、もう一度私をまじまじと見てから、慌てたように足早に居室のある坊へ戻ってしまわれたのだった。

あれはいったい何だったのだろう。

嫌われたのかと少し心配になったが、そうではない証拠に、次の日、介さまは大林坊どのを伴って、家までちゃんと送り届けてくれた。

けれど、そのことには一切触れずに、いつも通りの笑顔で……。

道々、魁には話しかけておられたけれど、私にはほとんど言葉がなかった。

どうしてなんだろう。


鋒国がそんな風に忠輝のことを考えていた頃、忠輝は忠輝で、鋒国から言われた言葉を頭の中で反芻《はんすう》していた。

——私が介さまをお守りするんです。

なんとまぁ、大胆な言い草だろう。

むろん、これまで、お守りすると言われたことはある。だが、それは競兵衛をはじめ皆、臣下の男たちだ。あんなか弱い、十近くも年下の小娘に言われたことなどない。

小兎のように元気に跳ね回るかと思ったら、赤子のように泣く。

そうかと思ったら、真面目な顔をして、まるで母のように守るという。

あ、そうか。母上か……。

毒にやられて眠っていたとき、寝ずに看病してくれたのはあの娘だと、競兵衛は言っていた。

あの娘に見つめられると、あのとき感じたなんとも言えない心地よさが蘇《よみがえ》ってくるようで、面映ゆくてならない。

ん？　面映ゆい。この私が……、あの娘に……。

「喝っ」

突然、頭上で大声がして、忠輝はハッと我に返った。座禅を組んだまま、余計なことを考えていたようだ。

警策を受けるため、頭《こうべ》を垂れて肩を差し出したが、叩《たた》かれる気配はなく、横に座ってきたのは競兵衛であった。

「なんだ、お前か」

「殿こそ、何か邪念をお持ちのようで」

競兵衛は、肩に包帯を巻いているのが痛々しくはあるが、こうして大声を出し、冗談を言えるほどに元気に動き回っている。

「別に邪念など」

「けれど、何もないというお顔ではありませんよ」

「うむ……」

と、一息ついてから、忠輝は苦笑いを浮かべた。

「少し、おかしなことを言われてな」

「おかしなこと、でございますか」

「鋒国だ。私のことを守りたいなどと……」

「ああ、あの者、守るためには敵を知りたいなどとそんなことを言っておりましたな。よいではありませぬか、そう言うのであれば、お側に置かれては」

「はぁ？　ば、馬鹿か、お前は」

「ば、馬鹿とは何ごとです。殿であってもそのような暴言、いったい、私の何が馬鹿なのです。私はただ、あの者を小姓になさればよい。そう申し上げただけではありませぬか」

「小、小姓だと。おなごだぞ、あれは」

「えっ、おなご……」

競兵衛が目を剝《む》いた。

思えば、忠輝は競兵衛に鋒国が女だと話したことはなかった。

「気づいておらなんだのか、お前は」

「……は、はい。しかし、殿も小童《こわっぱ》、小童と」

「あれはな、刀鍛冶《かたなかじ》になるために男の恰好《かっこう》をしておるだけよ。美禰という美しい名を持つ娘なのだ」

「娘……小童が……はぁ、なるほど」

ようやく合点《がてん》がいったというように、競兵衛は頷《うなず》いた。

「それで、殿はお困りを、と」

「別に困ったというわけではないが……」

忠輝が口ごもるのを見て、競兵衛は余裕の笑顔になった。

「では、やはりよろしいではありませぬか」

「何がだ」

「お側に置くことでございますよ。殿はまだお若い。おなごがいてもおかしゅうはございません」

「な、何を言う。私は流人の身だぞ」

「ハハハ、それこそ、何を仰《おっしゃ》るのか。ご自分を流人だとお思いなのですか、まことに？」

「競兵衛、お前な」

二の句が継げない忠輝に向かって、競兵衛は微笑んだ。

「……可愛いではありませぬか。あのようにか弱い子が、殿のために一所懸命に。きちんと応えてやらねばなりますまい。迷われるなど、殿らしくもない」

「……しかし」

「寺に入れるわけにはいかぬとも、してやれることはいくらでもありましょう」

「うむ……」

と、頷きかけた忠輝はしかし、すぐに首を振った。

「いや、待て、待て。私はあの者を別に好いているとか、そういうことでは」

「はぁ、殿はあの者を好いてはおらぬと。うむ。では何をお悩みに」

「うっ……し、知らぬ。悩んでなどおらぬ」

そう言うや、忠輝はその場から逃げ出したのであった。

三

「お守りすると言うた？　介殿にか」

「はい……」

鋒国は月国の問いに頷いた。

いつもの夕餉《ゆうげ》の後、何気なくため息をついたところで、おつかから何かあったのかと問われ、思わず、鋒国は「介さまにお守りすると言うてしもうた」と呟《つぶや》いたのである。

おつかは、心配そうな顔で身を乗り出した。

「それはお前、どういうつもりで言うたの」

「つもりって……」

言いよどむ鋒国に対して、おつかは少し困った顔をしつつも微笑んでみせた。

「……お慕いしているということではないのんか」

「えっ……」

鋒国の耳が見る見る赤くなっていく。

やはりと頷いたおつかは月国を見た。

「しかし、あれだ。鋒国がおなごだとは介殿はご存じあるまい」

「ううん、もう知っておられる」

と、鋒国は小さく呟いた。

「えっ、自分で言うたのか」

「ううん、……裸を見られてしもうたから」

「ちょっとっ」

おつかは目を丸くし、月国もうろたえた。

「そ、それはその……介殿がそのぉ、お前に手を出したということか」

「手を出すって、どういうこと」

「いや、その、それはやな」

言いよどんだ月国の代わりに、おつかが身を乗り出した。

「抱き合《お》うたかと訊《き》いてるのや」

「まさか。変なこと言わんといて。介さまは私を守ってくださっただけ。でも私は守ってもらうより、守って差し上げたい、そう思うたの。おかしい？」

月国とおつかは互いに顔を見合わせた。

「おかしくは……ないがな……」

「いや、おかしいでしょ。何言うてるの。この子が殿さまを守れるはずがないでしょうが」

「いや、それよりも介殿は何と答えはったんや」

月国の問いに鋒国は首を振った。

「……何も」

「何も？」

「うん。何も。でも嫌ではないって。それだけ」

怒ったようにそう言うと、鋒国は困惑する月国とおつかを残し、お膳《ぜん》を下げに、台所へ行ってしまったのだった。

しばらくして、月国の姿は家の裏の小高い丘にあった。

千国と椿、鋒国の両親の墓の前に佇《たたず》み、手を合わせた後、月国は長い間、考え事をしていた。

やがて、一つ長い吐息を漏らすと、墓にもう一度手を合わせ、立ち上がった。

と、その時であった。

身なりのよい侍が突然、目の前に現れた。いや、彼だけではない。その周りに幾人か気配があり、月国は取り囲まれたのだと悟った。

「刀匠、月国どのとお見受けする」

侍はそう声をかけてきた。

「年寄り一人に大勢で……何用かな」

「主《あるじ》の命《めい》で参った。刀を所望したい。謝礼は弾む。一生楽に暮らせるぐらいは渡せる」

侍は柔和な笑みを湛《たた》えているが、その目は笑っていない。

「……打たぬと言うたら、どうなる」

「それは困る。打つと言うてくれるまで、帰れぬでな」

じろりと侍が月国を睨《にら》んだ。

月国も侍を睨み返し、しばし時が流れた。

やがて、月国は目をそらし、小さく吐息を漏らした。

「……家の者には決して手を出すな」

「頼みを呑《の》んでくれれば、手荒なことなどするつもりはない」

「約束するというのだな」

「誓おう。では打ってくれると思うてよいかの？　その代わり、もし打たぬ場合は」

「何をするというのだ」

突然、木の上から声がして、月国と侍の間に、まるで天狗《てんぐ》のように人が舞い降りてきた。

「介殿っ」

月国に応じるように、忠輝はちらりと振り返り頷いてから、侍を睨みつけた。

「無理強いをしてもろくなことにはならんぞ」

「流人の分際で何をほざく」

侍は後ろに向かって手で合図をしたが、動きはなかった。

「……ほかの者なら、その辺で伸びておるわ」

「何っ……」

「よいか。お前の主に告げよ。月国やその家の者に危害を加えることがあれば、この忠輝が決して赦《ゆる》さぬとな。二度と現れるな。去れ」

忠輝が一喝すると、侍は悔しそうに睨み返してから、すっと姿を消した。

「……けがはないか」

気配が消えたことを感じてから、忠輝は月国に尋ねた。

「はい。何も」

と、月国は答えてから、心配そうに家の方へ目をやった。

「案じるな、家の者は無事だ。競兵衛が見張ってくれている」

「さようで。重ね重ね、ありがとう存じます」

「礼を言われるほどのことではない」

と、忠輝は微笑んだ。

「ちょうど、お前に話があって来たところだったのだ」

「私も介殿にお話ししたいと思うておったところで」

「そうか、何だ？」

「いえ、介殿から」

「うむ……いや、先にお前から話してくれ」

と、忠輝は月国に譲ってから、その前にある墓石に気付き、目を留めた。

「ああ、これは鋒国の父の墓にございます」

問われる前に月国が答えた。

「鋒国の……ということはお前の息子のか」

「はい。千国という名で、やはり刀鍛冶《かたなかじ》を」

忠輝は墓石に向かって丁寧に手を合わせた。

「……実は先ほど、この千国に謝っていたのです、あの子のことを」

月国は、忠輝に向かって正座し、手をついた。

「お、おい、何だ。手を上げろ」

「いえ、お聞き届け願いたく。どうか、どうか鋒国をお側に置いてはいただけますまいか」

「おい……」

「私はもう老いてしまいました。月国は今日より隠居を致します。あの子に技を伝えるのはもう無理でございます」

「おい、そのようなことを言うな」

「いえ、私が刀鍛冶でおれば、また先ほどのように無理難題を言う輩《やから》が現れぬとも限りませぬ。実を言うと、この千国も意に添わぬ刀を打つように命じられ、それを拒んで命を落としたのです」

月国は辛《つら》そうな目を墓石に向けた。

「それでも私は、先祖からの技が途切れることを恐れ、あの子に男として生きるように命じました。今思い返せば、なんと酷《むご》いことを強いてきたことかと……」

月国は忠輝を仰ぎ見た。

「このことはおつかともよう話し合うた末のことにございます。我らはここで細々と生き、あの子にはしたいことをさせてやろうと。幸いなことにあの子は心根の素直な子に育ちました。がさつな所はありましょうが、介殿をお慕いする心に嘘はございませぬ」

わかっているというように忠輝は頷《うなず》いた。

「お側でお守りしたいなどと申したそうですが、どうか、たわ言と思わず、あの子のことを少しでも愛《いと》おしいとお思いならば、願いを受け入れてやってはもらえませぬか」

「無論、たわ言だとは思ってはおらぬ。それに……」

と、忠輝は月国を見た。

「愛おしいとも思うておる」

「では」

「いや、しかし、あんな風に言われて驚いた。あの子は私の命を狙うのが兄上だと知った上でそう言ったのだ。私がお守りすると」

月国は鋒国らしいと感じたのか、「そうでしたか」と微笑んだ。

「困りもした。私の側にいれば、それこそではないが、危ない目に遭わせるかもしれぬ。幸せにしてやれるとは思えぬでな」

「流人だからでございますか」

「それもある」

難しい顔をして忠輝は月国を見た。

「だから、どうしたらいいのか、そのことをお前に相談すべきかと思うてな」

と、その時だった。

「それでもよいと、そう言ったら、介さまは私をお側に置いてくださるのですか」

声と共に現れたのは鋒国だった。

「お前……」

忠輝が驚きの声を上げると、鋒国は言い訳を口にした。

「おつかさんがじじさまの所へ行けと、そう言うたから」

「そうか」

「私は介さまに、幸せにしてもらおうなどと思ってはおりませぬ」

「これ、鋒国」

月国が黙っているように制そうとしたが、忠輝は「よい」と首を振った。

二人に構わず、鋒国はこう続けた。

「介さまはおっしゃいましたよね。己の道は己で見つけろと。ですから、私が幸せになるもならぬも、私次第。違いますか」

忠輝は苦笑を浮かべた。

「……なるほど、そうか。お前はそれでよいのだな」

「はい」

「辛くとも怖くとも、私に付いてくるのか」

「辛いのも怖いのも……嫌です」

「おい」

「でも、きっと辛くも怖くもありません。介さまのお側なら」

と、鋒国はまっすぐに忠輝を見た。

やがて、根負けしたように忠輝は頷き、そして柔らかな笑みを浮かべた。

「……だな」

「ではよいのですね」

「あ、あぁ……」

忠輝の返事に喜ぶ鋒国を見て、月国は安心したように小さく何度も頷いていた。

しばらくして、鋒国たちの元へ魁がやってきた。

旅支度に身を包み、江戸へ行くことになったという挨拶《あいさつ》であった。

魁は、月国とおつかにこれまで世話になった礼を丁寧に述べた。

「何も世話なんかしてへんよ」

おつかは寂しくなると涙ぐんだ。

「また、そのうち戻ってきますし。江戸の土産話楽しみにしててください」

「うん、そうする。元気にな」

「お前なら大丈夫や。頑張ってくるんやで」

と、月国は魁を励ました。

「はい。ほんまにありがとうございました」

少し大人びた表情で別れの挨拶をした魁を、鋒国は途中まで見送ることにした。

道々、鋒国は忠輝の元に行くことを話した。

「そやから、あのね……」

と、鋒国は、魁の好意には応《こた》えられなかったことを謝ろうとした。

が、魁はそれより先に「そうか、良かったな」と微笑んだ。

「う、うん……」

「で、どうするんや。もう男の恰好《かっこう》は止めるんやろ。それともそのまま、寺に入る気か」

「ううん、寺に入るわけにはいかんから、もう少ししたら、伊勢のご城下に家を用意してもらって、そこに住むことになる」

「そんなことが出来るのか」

「うん、ようわからんけど、そうするって。こっちと行き来するよりはええし、じじさまもおっかさんも一緒に来たらええって言うてくれはったし」

「そうか、ほんまに、刀鍛冶《かたなかじ》は辞めてしまいはるんか」

魁は、父の甚右衛門がかなり残念がっていると話した。

「うん……じじさま、自分では言わへんけど、もうだいぶ目が見えんようになってきてるみたいで。身体もしんどそうやし」

「それやったら、しょうがないわな。まぁ、伊勢の方が何かと便利そうやし」

「うん。おっかさんは喜んでる」

「安心やわ」

と、魁は言った。

「負け惜しみ違うで。お前が楽しそうで良かったと、ほんまに思うてる。今度会うときには、女の恰好になってるんやな」

魁は少し眩《まぶ》しそうに鋒国を見て、微笑んだ。

「……うん。綺麗《きれい》になってびっくりさせたる」

「その物言い。少しはおしとやかにならんと、嫌われてもしらんぞ」

笑いつつ文句を言ってから、魁は立ち止まった。

「……ほな、ここでな。俺は江戸で一旗揚げる。お前も頑張れよ。元気でな」

「うん」

手を振り去っていく魁の姿が小さくなるまで、鋒国は見送ったのであった。

四

「揃いも揃って、役立たずが」

宗矩はそう吐き捨てると、庭の鯉に向かって餌を投げた。

大きな口を開け、我先にと餌に食らいつく鯉はまだ可愛い。それに引き換え、我関せずとばかりに、悠々遠くを泳ぐ鯉の何と憎らしいことか。あれは月国か、それとも忠輝か……。

「いかがいたしましょうや」

報告を持ってきた侍は、宗矩の次の指示を待っている。一門の中でも剣術の腕は優秀と認めた男だったが、手ぶらで帰ってくるとは見込み違いも甚だしい。自分の眼力の愚かさを見せつけられているようで、腹立たしさを通り越して、情けなくなってくる。

「そのように一つ所にやっては、鯉が可哀想ですよ」

と、そのとき宗矩の後ろから声がかかった。振り返らずとも誰が言ったのかはわかる。嫡男・七郎《しちろう》（のちの十兵衛《じゅうべえ》三厳《みつよし》）である。

まだ十歳になったばかりだが、その剣術の腕は門下の誰もが認めるほどだ。太刀筋の凄《すご》み、見切りの的確さ、身のこなしの速さ、どれをとっても、大の大人が舌を巻く。稽古《けいこ》好きとあって、日々の上達の速さには宗矩も驚くほどだ。あと数年して、背が伸び、筋力がつくようになれば、宗矩を凌駕《りょうが》する剣豪になってもおかしくない。

剣の腕だけではない。考えもどこか大人びている。今年の八朔《はっさく》の行事で初めて秀忠に目通りをしたのだが、そのときも物おじ一つせず、「そなたの目指す剣は何か」という秀忠の問いに対して、「悪鬼を絶ち、天下をお救いするため」と言い放った。

他人からすれば、頼もしい限りだろうが、宗矩はこの時、亡き父石舟斎の面影を嫡男に見て、言いようのない焦りを感じた。石舟斎は巨石を一刀の元に断ち割ったという逸話を持つ剣の名人であり、宗矩にとって越えられぬ大きな壁だ。七郎は、石舟斎が死んだ翌年に生まれていて、ただでさえ、生まれ変わりだと信じる者も多いのだ。

「……あそこに、この餌に目もくれぬ鯉がおる。どうしてだと思う？」

と、宗矩は七郎に目をやった。七郎は、まだ少し幼さの残る頬には似つかわしくない、はっきりとした濃い眉《まゆ》と意志の強さを感じさせる目を宗矩に向けると、こともなげに答えた。

「餌がまずいか、好みがうるさいか、いずれかではありませぬか」

「そうか。では、お前なら、どんな餌をやる？」

宗矩の問いに七郎は少し首を傾げ、こう答えた。

「……そもそも餌をやらねばならぬものですか」

「放っておけと言うのか。……勝手に死ぬのを待てと……」

「しかし、死なせてはならぬというのであれば、話は別で……。私なら、その鯉が見たこともないような餌を探して与えてみます」

七郎の言葉に反応するかのように、池の奥で、鯉が跳ねた。

「珍しいものを与えて、懐柔してみよとな」

「懐くかどうかはわかりませぬ。けれど、それだけしても食いついて来ぬのなら、縁がないというものと、諦《あきら》めまする」

言うや否や、七郎は手近な小石を拾い上げ、先ほど鯉が跳ねた辺りに放った。懐かぬなら殺すという意味かとも思えたが、小石は鯉を驚かせただけで、沈んでいった。

その様子を見ているうちに、宗矩の脳裏に、ふっと邪《よこしま》な考えが浮かんだ。

秀忠公は、「とにかく、今はならぬ。殺すでない」と仰せだった。

「今は」ということは「今はその時機ではない」ということに過ぎない。

しかし、必ず時機はやってくる。

その時のために、仕込むべきことがあるはずだ。

忠輝に最も良い餌とは何か。

つまり、最も油断する相手は……。

そこまで考えてから、宗矩は、七郎に目をやった。

「のう、七郎、お前、まだ伊勢には行ったことがなかったな」

「伊勢……神宮詣《もう》ででございますか」

「うむ。……いや、鬼退治だ。行ってみたいと思わぬか」

宗矩の問いに、七郎はすぐさま頷《うなず》くと、目を輝かせた。

木を隠すには森の中がよいように、人が隠れるには大きな町の中が一番である。

京大坂は言うに及ばず、全国から人が集まるようになった江戸はそういう意味でうってつけの条件を備えている。

宗矩の元から消えた幻斎の姿は、東海道《とうかいどう》第一の宿場、品川《しながわ》にあった。

江戸の玄関口として、日々多くの人が忙《せわ》しなく行き交い、町の片隅でひっそりと暮らす者になど、誰も目もくれない。それでいて、江戸の事情も京大坂の様子も手に取るように知ることができる。

気配を消し、通りを行き交う人の会話に耳を澄ませながら、傷が癒《い》えるのを待つ。

「あら、またこんなところにいたんですか」

甘い女の声がした。

「ああ」

「もうすっかり陽が暮れたっていうのに」

と、女は甲斐甲斐《かいがい》しく、幻斎の手を取った。

「仕事はもういいのか」

「ええ。今日はほら、賄いを戴《いただ》いてきましたよ。帰って食べましょう」

女が幻斎の手に折詰らしきものを握らせた。

目が見えなくなってもできることはあると、幻斎は考えるようになっていた。

忠輝には「殺せ」と言ったが、宗矩にむざむざ命を差し出す気にならなかったのは、この女のためでもある。かつては幻斎と同じく忍び仕事をしていた女だ。抜け忍となった女を匿《かくま》い、過去を消し去ったのは随分昔のことだ。

この女と共に暮らすのが自分には似つかわしいのかもしれない……。

「椿……」

幻斎は女の名を呼んだ。

「なんです」

「いや、いつもすまんな」

「そう思うなら、早く元気になってください」

椿は明るい声でそう応じた。

五

鋒国の周囲では、平穏な日々が続いていた。

月国の隠居については、魁が言った通り、奈良屋の甚右衛門がかなり残念がってはいたが、それも致し方ないということで話がついたようであった。

伊勢湊《みなと》に手ごろな家を見つけ、鋒国は月国とおつかを伴って引っ越すことが決まった。引越を済ませたら、鋒国は男装を止めて美禰と名前を戻し、女として暮らしていくことになる。

おつかは礼儀作法を鍛え直すと妙に張り切っていた。

「裁縫や料理も手習いも……ああ、教えなあかんこと、多すぎるわ」

「ぼちぼちでええのと違う？」

「あかん。その話し方も……ああ、もっときちんと教えておくんやった」

おつかは大げさにため息をついてみせる。

「ええか。介殿と契りを交わすんはまだ先。ちゃんとうちが段取りするからな」

「う、うん……」

「うん、やない。はい」

「はい、わかった」

「わかりました、や」

「はい、わかりました」

おつかのいう意味が今一つよくわからないままに、鋒国は頷いていた。

ある日、鋒国は訪ねてきた忠輝と共に、生まれ育った家の周囲を散策していた。

　丘に登り、父母の墓の前で、手を合わせた。

「……これからもお見守りください」

　鋒国に合わせるように、忠輝も隣で神妙に頭《こうべ》を垂れた。

　静かな時が流れる。

「……ここを離れるのは寂しくはないか」

　しばらくして、忠輝がそう尋ねた。

　寂しくないと言えば嘘になる。けれど、新しい土地に行くこと、新しい生活が始まることへの期待の方が大きいのも事実だ。

「かかさまに……母に会えるかもしれぬ。そんな気もします」

「そなたの母は生きているというのか」

　忠輝は驚いた表情になった。鋒国は頷いてみせると、月国とおつかの話を立ち聞きしてしまったことを話した。

「……捨てられたにせよ、一度は会ってみたいのです」

「何か深い事情があったのだろうな」

　と、忠輝は真剣な表情で応じた。

「椿というのか、そなたの母は」

「はい」

鋒国が頷くと、忠輝は「よし」と笑顔をみせた。

「共に探そう。きっと会えるはずだ」

忠輝がそう言ってくれると、本当に会える気がしてくる。

鋒国も笑顔で頷いた。

それから鋒国と忠輝は丘を下りた。

「ここも良き場所であったな」

川の中州の岩に腰をかけると、忠輝は清流をみつめて、そう呟《つぶや》き、竹筒に入れた水を取りだすと、鋒国に「飲むか」と勧めた。

ありがたく一口戴いた後、それを返しながら、鋒国は忠輝におつかに言われたことを尋ねてみようと思い立った。

「あのぉ……おつかさんが、介さまと契りを交わすのは段取りがいると、どういう意味でございますか」

忠輝は竹筒に口をつけていたが、えっと驚き、思わず水を噴いた。

「う、あ、そうか。おつかさんがそのようなことを。うむ、あいわかった、そうしよう……それがよかろう」

「いえ、そうではなく、どういう意味かとお訊《き》きしているのです」

「つまり、それはそのぉ、あれだな。まだ早いということだ」

「でも、契りというのは互いに約束をするということでございましょう。私は約束はきちんとしたいのです」

「それはそうだが……。おつかさんは、お前を大切に思っている。私もその思いに応《こた》えようと思う。何も急ぐことはない。私の心は決まっている。お前も私を守るというてくれた。それが互いにわかっていればよいことだろう」

優しく諭すような忠輝の声は甘く、鋒国の身体に沁《し》み込むようだ。

「……はい」

と、鋒国は素直に返事をし、忠輝はほっとしたように頷《うなず》いた。その懐に笛の先が見えた。

「あ、それ……」

鋒国にとっては見覚えのある笛である。あの夜、忠輝は涙を流しながらこの笛を奏でていた。

「これか。これは父上から拝領したものでな、乃可勢《のかぜ》という名がつく銘笛《めいてき》だ」

と、忠輝は懐から笛を取り出して、少し自慢げに見せた。

「……吹いてはいただけませぬか」

「自己流だ、笑うなよ」

そう断ってから、忠輝は笛に口を寄せた。

美しい音色が奏でられる。

あの夜、密《ひそ》かに聴いた時には、胸を掻《か》きむしられるような悲しみを感じた。だが、今は美しく柔らかな音色だと、鋒国は思った。あの時と同じように、包み込まれるような優しさを感じ、鋒国は安心して音色に身を委《ゆだ》ねていた。

笛を吹き終わると、忠輝は鋒国に和らいだ眼差《まなざ》しを向けた。

「よいか。よく覚えておけ。お前は私の女《ひと》だ」

鋒国は忠輝の瞳《ひとみ》の中に自分がいるのを感じた。

「……介さまは、初めてお会いしたときから私の男《ひと》です」

微笑み合う二人を祝福するように、山の木々が優しげに揺らいでいた。

（第一巻）了

本書は書き下ろしです。

編集協力／小説工房シェルパ

わたしのお殿《との》さま

鷹井《たかい》 伶《れい》

令和５年 10月25日　初版発行

発行者●山下直久

発行●株式会社KADOKAWA
〒102-8177　東京都千代田区富士見2-13-3
電話　0570-002-301（ナビダイヤル）

角川文庫 23865

印刷所●株式会社暁印刷
製本所●本間製本株式会社

表紙画●和田三造

●お問い合わせ
https://www.kadokawa.co.jp/（「お問い合わせ」へお進みください）
※内容によっては、お答えできない場合があります。
※サポートは日本国内のみとさせていただきます。
※Japanese text only

ISBN 978-4-04-113766-6　C0193

◇◇◇

角川文庫発刊に際して

角川源義

第二次世界大戦の敗北は、軍事力の敗北であった以上に、私たちの若い文化力の敗退であった。私たちの文化が戦争に対して如何に無力であり、単なるあだ花に過ぎなかったかを、私たちは身を以て体験し痛感した。西洋近代文化の摂取にとって、明治以後八十年の歳月は決して短かすぎたとは言えない。にもかかわらず、近代文化の伝統を確立し、自由な批判と柔軟な良識に富む文化層として自らを形成することに私たちは失敗して来た。そしてこれは、各層への文化の普及滲透を任務とする出版人の責任でもあった。

一九四五年以来、私たちは再び振出しに戻り、第一歩から踏み出すことを余儀なくされた。これは大きな不幸ではあるが、反面、これまでの混沌・未熟・歪曲の中にあった我が国の文化に秩序と確たる基礎を齎らすためには絶好の機会でもある。角川書店は、このような祖国の文化的危機にあたり、微力をも顧みず再建の礎石たるべき抱負と決意とをもって出発したが、ここに創立以来の念願を果すべく角川文庫を発刊する。これまで刊行されたあらゆる全集叢書文庫類の長所と短所とを検討し、古今東西の不朽の典籍を、良心的編集のもとに、廉価に、そして書架にふさわしい美本として、多くのひとびとに提供しようとする。しかし私たちは徒らに百科全書的な知識のジレッタントを作ることを目的とせず、あくまで祖国の文化に秩序と再建への道を示し、この文庫を角川書店の栄ある事業として、今後永久に継続発展せしめ、学芸と教養との殿堂として大成せんことを期したい。多くの読書子の愛情ある忠言と支持とによって、この希望と抱負とを完遂せしめられんことを願う。

一九四九年五月三日

角川文庫ベストセラー

お江戸やすらぎ飯

鷹井　伶

幼き頃に江戸の大火で両親とはぐれ、吉原で育てられた佐保には特殊な力があった。体の不調を当て、症状に効く食材を見出すのだ。やがて佐保は病人を救う料理人を目指す。美味しくて体にいいグルメ時代小説！

お江戸やすらぎ飯　芍薬役者

鷹井　伶

人に足りない栄養を見抜く才能を生かし、料理人を目指して勉学を続ける佐保。芍薬の花のような美貌の人気役者・夢之丞を、佐保は料理で救えるか――？　美味しくて体にいいグルメ時代小説、第2弾！

お江戸やすらぎ飯　初恋

鷹井　伶

人に足りない栄養を見抜く才能を活かし料理人を目指す佐保は、医学館で勉学に料理に奮闘する。美味しくて体にいいグルメ時代小説、第3弾！

忘れ扇　髪ゆい猫字屋繁盛記

今井絵美子

日本橋北内神田の照降町の髪結床猫字屋。そこには仕舞た屋の住人や裏店に住む町人たちが日々集う。江戸の長屋に息づく情を、事件やサスペンスも交え情感豊かにうたいあげる書き下ろし時代文庫新シリーズ！

寒紅梅　髪ゆい猫字屋繁盛記

今井絵美子

恋する女に唆されて親分を手にかけ島送りになった黒岩のサブが、江戸に舞い戻ってきた――!?　喜びも哀しみもその身に引き受けて暮らす市井の人々のありようを描く大好評人情時代小説シリーズ、第二弾！

角川文庫ベストセラー

残りの秋
髪ゆい猫字屋繁盛記
今井絵美子

身重のおよしが突然猫字屋に出戻ってきた。旦那の藤吉は店の金を持って失踪中。およしに惚れ込んでいたはずの藤吉がなぜ？　いつの世も変わらぬ人の情を哀歓と慈しみに満ちた筆で描きだすシリーズ最終巻！

雁渡り
照降町自身番書役日誌
今井絵美子

日本橋は照降町で自身番書役を務める喜三次が、理由あって武家を捨て町人として生きることを心に決めてから3年。市井に生きる庶民の人情や機微、暮らし向きを端正な筆致で描く、胸にしみる人情時代小説！

寒雀
照降町自身番書役日誌
今井絵美子

刀を捨て照降町の住人たちとまじわるうちに心が通じ合い、次第に町人の顔つきになってきた喜三次。そんな自分に好意を抱いてくれるおゆきに対して憎からず思うものの、過去の心の傷が二の足を踏ませて……。

虎落笛《もがりぶえ》
照降町自身番書役日誌
今井絵美子

市井の暮らしになじみながらも、武士の矜持を捨てきれず、心の距離に戸惑うこともある喜三次。悩みや問題を抱えながら、必死に毎日を生きようとする市井の人々の姿を描く胸うつ人情時代小説シリーズ第3弾！

夜半の春
照降町自身番書役日誌
今井絵美子

盗みで二人の女との生活を立てていた男が捕まり晒刑に。残された家族は……江戸の片隅でひっそりと生きる男と女、父と子たち……庶民の心の哀歓をやわらかな筆で描く、大人気時代小説シリーズ、第四巻！

角川文庫ベストセラー

角川文庫ベストセラー

はなの味ごよみ 心ちぎり 高田在子

はなの働く神田の一膳飯屋「喜楽屋」に、人形師の達平たちがやってきた。出羽からきたという達平は仲間たちと仕事のやり方で揉めているようだった。じっと堪える達平は、故郷の料理を食べたいというが……。

はなの味ごよみ 勇気ひとつ 高田在子

神田の一膳飯屋「喜楽屋」で働くはなの許に、ひとりの男が怒鳴り込んできた。男は、鎌倉の「縁切り寺」に逃げようとする女房を追ってきたという。弥一郎の機転で難を逃れたが、次々と厄介事が舞い込む。

はなの味ごよみ 涙の雪見汁 高田在子

はなを結城家の嫁として迎え入れるため、良太は駒場御薬園の採薬師に、はなを養女にしてもらえるよう働きかけていた。だが良太の父・弾正が、まとまりかけていたその話を断ってしまうのだった——。

はなの味ごよみ 蛍の約束 高田在子

神田の一膳飯屋「喜楽屋」で働くはなは、いよいよ武家の結城良太の家に嫁ぐため、花嫁修業に出向くことになった。駒場の伊澤家に良太とともに向かうはなだったが、心中は不安と期待に揺れていた——。

山流し、さればこそ 諸田玲子

寛政年間、数馬は同僚の奸計により、「山流し」と忌避される甲府勝手小普請へ転出を命じられる。甲府は城下の繁栄とは裏腹に武士の風紀は乱れ、数馬も盗賊騒ぎに巻き込まれる。逆境の生き方を問う時代長編。